U0106713

靈隱

葛亮

——

著

人道我居城市裏，我疑身在萬山中。

——元·惟則

目錄

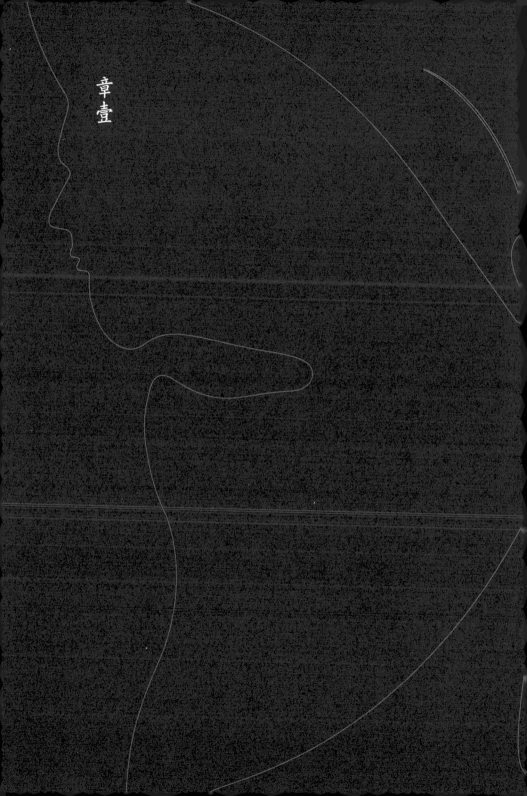

章
壹

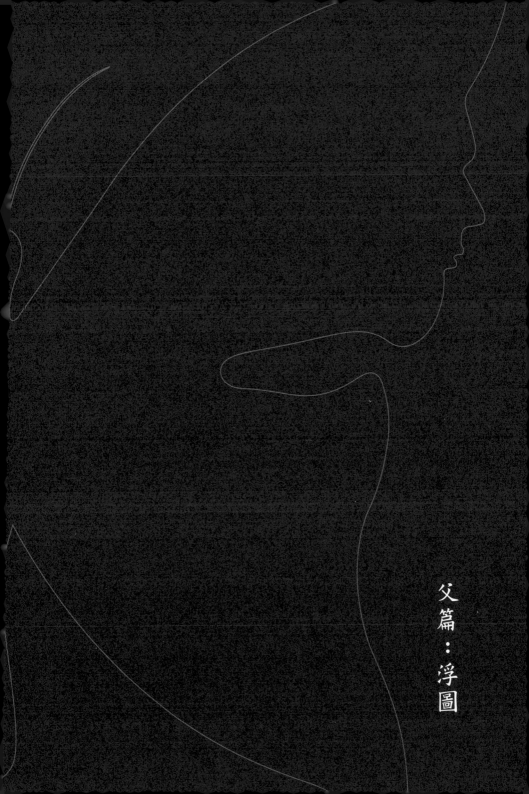

父篇：浮圖

一

　　警員走進來時，看到連粵名正給牛排澆上黑椒汁。他看到警員，並無意外，仍執刀叉慢慢切下一塊肉，送到嘴裏。

　　連粵名自認是個老饕。按常理，這刁鑽的口味，多半是出自訓練。而他卻是渾然天成。自幼在北角住著，那裏先是上海人，後來是閩南人排沓而來，便稱為「小福建」。

　　他們住過的地方，叫做「春秧街」。據說是因為一個姓郭的福建籍富商命名。這富商是印尼華僑，以製糖起家，致富後想在香港拓展業務。本來是打算興建煉糖廠。不料填海造地後，海員大罷工和省港大罷工相繼爆發，勞工不足，經濟蕭條，郭氏唯有改作住宅發展，建成四十幢相連的樓房，人們就以「四十間」指稱該地，後來政府將四十間所在的街道命為「春秧街」。

　　連粵名搬出春秧街已很久。自打從南華大學畢業，他便想要離開這裏。在澳洲讀了博士，回到香港。娶了西半山長大的袁美珍，在薄扶林道買了一個小單位。他才覺得是給自己洗了底，做了真正的香港人。可他一年裏，總有三不五時，要做回福建人。多半是因了九十多歲的阿嬤的召喚。每月初一、初八、十五及各神佛聖誕。電話先打過來，要他回到鄉會庵堂吃

齋。這邊稍有猶豫，便是劈頭蓋臉的一頓罵。有時他因事情去不了，下次見面，得被阿嬤唸上十天半月。無非是長房長孫，不肖不賢，愧對先祖之類。直至數到上樑不正下樑歪，就是回憶和女人跑掉的阿公。眼睛一紅，便是一把混濁老淚。連粵名心裏慌得直嘆氣。袁美珍一邊敷著面膜，在臉上拍打，一邊幸災樂禍地說，你這才真是躲得了初一，躲不了十五。

這一大，袁美珍卻也跟他來了。只因是大日子，觀音誕。只見庵堂裏熱鬧，人頭湧湧，猶如置身歲晚的黃大仙祠。香火愈來愈鼎盛，鄉會數年前終湊夠捐款，置下三個相鄰單位，一千餘呎，有了小廳和廚房，安好佛像和壇位，讓神明在這寸土寸金的香港宜居，夜深出竅施法，亦舒適安穩。

「名仔！」他阿嬤來了香港近五十年，仍然是一口堅硬的鄉音。這口鄉音被她從福建帶來了香港。人人都說入鄉隨俗。這北角的人，都有這麼一段相似故事。一九四〇年代，連粵名的阿公和二叔公，跑到印尼討生活，開理髮店，每月寄錢回鄉維持家計，和阿嬤相見相會只能約在香港。那時中國大陸與印尼還沒建交，香港是個中轉站。六十年代，阿嬤帶了家當，攜父親和阿公團聚。阿公卻沒出現過，聽聞是和一個外僑女人去了新金山。好在有福建鄉會幫襯托，阿嬤人又爭氣。在春秧街開了一爿成衣舖，竟然就將幾個子女都養大了。立業成家，各有所成。

可阿嬤就偏偏改不了這一口鄉音，早年被人訕笑，如今上年紀倒得了氣壯。偌大的庵堂，對著連粵名呼呼喝喝。旁人就

說，連阿嬤，阿名好歹是個教授，不是青頭仔啦。阿嬤便道，教授又如何，還不是我的孫！連粵名坐在鄉會的小廳裏，看阿嬤一頭稀疏白髮，露出了紅色頭皮，坐姿沒有老態，竟是雄赳赳的，天然便是領袖模樣。手腳竟比一眾中年婦人更為麻利。一邊包著膶餅，一邊和鄉里談笑。又因為耳朵有些背，說話聲量就更大了些，洪鐘似的。

　　每到觀音誕，這些福建女人日出時分便來到庵堂，掀起大飯蓋，準備下鍋煮百人齋菜。太陽升起之時，鄉里已穿起佛袍，與方丈主持，同讚佛頌文。中段休場，鄉親端上水果、甜湯。倒也有條不紊。

　　連粵名坐在繚繞的煙火裏，看頭頂懸著「巍巍堂堂」和「慈航普渡」的牌匾。功德箱上擺著貢果和閃爍不定的蓮花佛燈。如今都要環保，那燈裏裝的是電池，是真正長明的。連粵名好像又回到了兒時，跪在蒲團上被阿嬤摁下，納頭拜佛。那時的庵堂，沒有現在排場。袁美珍坐在她身邊，埋著頭，只是一徑滑著手機，也不說話。即使來了許多年，也並沒有融入婦人的群體。不似連粵名的髮小祥仔的老婆，早和老少查某打成一片，按說人家還是個茂名人。阿嬤和這個孫新抱，表面上客客氣氣，再也沒有多的話講。既然當自己是客人，便賓主自在好了。

　　庵堂裏竟也有一台電視，放著大陸的電視劇，是個古裝片。他是不看電視的人，裏頭的女明星他竟然也認得，因為偷稅漏稅，上了八卦報紙和網站的頭條。在這個宮鬥劇裏，演的

是個委屈的角色。眼神裏卻是藏不住的凌厲，不消說，還是
要贏到最後的。其實也沒什麼人看。鄉里叔伯，木然對望、閒
坐。呆呆的眼神交流，以閩南語交談，向對方借火，抽一口煙。

「莫再看咯，來啊，來啊，準備繞佛啦！」頌經最後，阿嬤
出來對連粵名呼喚，如同命令。倒沒正眼看袁美珍。袁美珍將
手機收起，站起來，面無表情，跟著連粵名。在場男女老少都
要在庵堂繞佛數周，臉色端莊肅穆。這是旁人不甚理解的信仰
和儀式，積年成俗。

連粵名走到了大街上，深深地呼了一口氣。他的鼻腔裏，
殘留著很濃重的香火味。自然，他手上還拎著阿嬤親手製的腸
餅和芋粿。走到了春秧街上，他覺得輕鬆了一些。袁美珍約了
舊同學喝茶，他便也不急著回家。先到「同福南貨號」買上一
斤年糕，順便問一問大閘蟹上貨的檔期。眼下香港市面上的
蟹，都說是陽澄湖的，自然不可盡信。這間老字號，總還是靠
得住。然後呢，便是到隔壁「振南製麵廠」，買新造的上海麵。
如今買地道上海麵的舖頭，越來越少。這街上，再有就是對面
和「振南」打了數十年擂台的「雙喜」。總也不分高下。連粵名
是吃慣了「振南」。上海麵軟滑彈牙，和香港盛行的廣東麵是
大相徑庭。廣東的鹹水麵硬而乾，咬勁足，卻不合北角人的口
味。他和袁美珍，便吃不到一起去。創辦這振南的人叫李崑，
其實呢，倒是個地道的廣東人。傳說青年時曾追隨北洋政府的
國務總理唐紹儀任侍從官，故熟悉其喜愛的麵食。後來在堅拿

道東開設「振南」，吸引了一班居港的上海人，便將麵廠搬到有「小上海」之稱的春秧街，也養刁了後來的福建人的胃口。福建呢，本不是美食之鄉，可是有先前上海人的講究，加上東南亞華僑的詭異的洋派。這春秧街上的味道，是斷不會寂寞的。上海南貨店內有售的鹹肉、火腿、鹹菜、年糕，閩地有名的魚丸肉丸、蚵仔、芋粿、綠豆餅，也一應俱全。話說廣東菜精緻可觀，連粵名是在心裏頭，卻另有自己的一番分庭扡禮。這是春秧街幾十年的生活，給他鍛造出來的。及至這裏，他搖搖頭，覺得是一條舌頭，阻撓自己成為地道的香港人。

這樣想著，連粵名一路踱到了馬寶道，這裏的排檔後方兼賣印尼香料雜貨。自有一些南亞人的土產。像印尼蝦片、千層糕、自家製咖喱、沙嗲、辣椒醬、新鮮椰汁馬豆糕等。掌舖的已是第三代，是個戴著蘋果耳機的年輕人。看連粵名挑揀沙茶醬料，有些不耐煩，說，這些貨都是過年時進的，沒什麼新鮮的了。從里間出了一個婦人，認出了連粵名，說，教授，多時沒來了。婦人是印尼本地人，嫁給了這華僑家族，還保留了傳統的裝束。她絮絮地說著。連粵名自然是識趣的人，便問她生意可好。她便說，這種街坊生意，可談得上好不好？有口飯吃就是了。

這時候，天有些暗了。連粵名本來已經走到了地鐵口，忽然想起了什麼，就又折到了英皇道上，走到了一幢大廈前面。他抬頭看到「麗宮」二字，晃一晃神，走進去。

二

南華大學，入了黃昏，另有一番熱鬧，是周末回校的學生們。又有各色的社團散落在校園裏，派發著傳單，招募新的會員。連粵名穿過黃克競平台，看這些年輕人的臉上，一徑是喜洋洋的，哪怕一些門前寥落的社團。一個武術學會的男孩子，穿著詠春的練功服，向著他跑過來，規規矩矩地鞠了一躬。他並不認識。一問起來，才知是大一的新生，上過他的高分子物理大課。正寒暄，旁邊一隻毛茸茸的金鋼狼，手裏拎著一大袋外賣的飯盒，急急匆匆地向 cosplay 學會攤位走過去。人潮湧動的，是電影學會的，原來正在報名臨時演員。聽說國際大導演要到「南華」來取景拍戲，拍四十年代的香港校園。自然要一班學生仔扮演大半個世紀前的好男好女。他想他讀書的時候，也曾有過的臨演的經歷，是在香港的著名品牌維他奶廣告裏。那時青春無敵，他尚有一頭茂盛的好頭髮。他禁不住摸摸自己的頭頂，心裏苦笑一下。

到了明倫堂跟前，他對著門口的落地玻璃，整理了自己的儀容。他做這裏的舍監已經一年有餘。因學生出出入入，以身作則已近乎本能。這時候，一個男孩推開門，趿著人字拖，從裏頭出來，一邊打了個悠長的呵欠。抬眼望他，有些措手不

及。旁邊看更的陳叔便道：路仔，打遊戲到成晚，剛剛瞓醒，這下好給教授撞到正。男孩哈欠打到一半收不回，臉上便是個茫然驚訝的表情。連粵名心裏想笑，便也寬宏地說，唔好唔記得食飯。

他隨電梯到頂樓，掏了許久找到鑰匙，打開門。屋裏響著叮叮咚咚的琴聲。他知道是女兒回來了。《水邊的阿狄麗娜》。他站在門邊，略闔上眼睛，聽了一會兒，不覺間在心裏打著拍子。他想，當年思睿贏得了全港鋼琴大賽的青少年組亞軍，就是這支曲子啊。一個硬頸的細路女，手指一觸到琴鍵，就柔軟下來了。她是有多久沒彈過這首曲子。是的，升了中五，忙於考學，思睿就不怎麼碰鋼琴，由它蒙塵。最近又揀起來了。她去年剛剛做上執業牙醫，連粵名託相熟的中介，為她在北角盤下了一個舖位開診所。在渣華道，地段好，價錢也算公道。思睿說，做牙醫好手勢，要靈活。便又開始練琴，鍛煉手指關節。她說，一樣的輕重緩急，人口中三十二顆牙齒，就是兩排琴鍵。

爸。琴聲停了，他睜開眼，思睿站在他面前。女兒眼窩淡淡的青，看上去有些疲憊。收拾得倒很俐落，是準備出門的樣子。

連粵名邊說，晚飯不在家裏吃？

思睿躬下身，將短靴的拉鎖使勁向上拉，一面輕輕應一聲。

連粵名將手上的東西放在桌上，說，和林昭？

思睿說，岳安琪回來了。

連粵名說，哪個岳安琪，是那個中學同學？不是全家移民去加拿大了嗎？

思睿說，回香港來了。

連粵名楞一楞，說，嗯，吃完飯早點回。對了，給你買了馬拉糕，還熱著。吃一口再走。

思睿搖搖頭，打開門，說，不吃了，太甜。

連粵名看著門帶上，把買的東西一樣樣拿出來。高麗菜，紅蘿蔔，豆乾，芽菜，芫荽，冬菇，豬肉，蝦米，蚵仔。

這時候聽到門一陣悶響，繼而聽見高跟鞋重重落地的聲音。他從廚房裏出來，看見袁美珍一言不發，將手提袋扔到了沙發上。待她站起，又好像當他是隱形人，袁美珍徑直走到房間，換了衣服就往浴室去。這時她倒看了連粵名一眼，說，又整膶餅。連粵名說，係，觀音誕，到底是個節。

浴室裏響起嘩啦啦的水聲。連粵名想一想，從環保袋裏拿出那雙拖鞋，擺到了擦腳墊上。水紅色的鞋，上面鑲著花型的水鑽，在暗處也熠熠地發著光。

他滿意地看一眼，嘆口氣，回身去廚房。

待浴室裏的水聲停了，廚房裏正溢出餡料爆炒的香氣。因為後加了紫薑母，便有一絲清凜氣，從滿鍋的膏腴中破繭而出，激得連粵名打了個噴嚏。他將餡料盛出來，擺到飯桌上。

好大陣味。袁美珍一邊快步走過去，將客廳的窗戶打開了，一邊擦著濕漉漉的頭髮。她說，風筒時好時壞，唔記得落

去界師傅整。

連粵名説，買個新嘅喇。

袁美珍不睬他。他看見袁美珍，走到鞋櫃跟前，在裏頭翻找。這才發現她赤著腳。所經之處，地板上是一串淺淺腳印，水淋淋的。

他想一想，説，我買給你新拖鞋哦。

袁美珍回身看一眼，説，幾十歲人，著嗰樣嘅色，發乜姣。

連粵名楞一楞説，我喺「麗宮」買嘅。

袁美珍的手停住，抬起頭，眼神恍惚一下，説，麗宮？仲未執笠？

她又重新翻找起來，翻出了一雙舊年旅行時在酒店帶回的拖鞋，穿上了。

連粵名坐下，將膶餅皮揭開，包上了餡料。遞給袁美珍。袁美珍不接，問他，你唔知我減緊肥？

説完，便回房間去了。連粵名望著妻子略臃腫的體態，消失在走廊盡頭。過了一會兒，他聽到了一個陌生女人的聲音，從房間裏傳出來。他知道，袁美珍又開始直播了。

袁美珍走進房間時，沒忘隨手關掉客廳裏的大燈。連粵名便坐在黑暗裏頭，只有房間四角射燈昏黃的光，聚攏在他身上。像個光線詭異的小劇場的舞台，他坐在台中央，抬起手，開始吃那塊膶餅。炒得時間長些，餡料氣息滲透，五味雜陳。他看射燈的一線光，正照在那雙新拖鞋上。方才鮮豔的紅，也

在暗中收斂了。小顆的水鑽，到底是稜體，掙扎著將一些光芒折射出來，微弱而鋒利。

連粵名想，麗宮，還沒有執笠啊。

那年，他回到香港，給袁美珍買的第一樣東西，就是一雙麗宮的拖鞋。

說起來，也是少年任氣。彼時，他在墨爾本大學已拿到博士學位，便被曼徹斯特的一家汽車公司錄取，做了維修工程師。一切都在往好的方向發展，唯有感情一無進展。連粵名是個心裏堅定的人，可在男女的事情上，沒什麼主張。讀研究所時，大約在域外的緣故，女人是不缺，澳洲的女子又豪放些。他的室友，是個內地富二代，風流子弟。帶著他也算吃了幾次「洋葷」。然而，不知是因家庭傳統，在感情上是沒有投入的，總以為非我族類。他家境又很一般，對講求現實的華裔女子，也無甚吸引力。後來到了曼城，是個老牌的工業城市，人口眾多，氣息卻陰冷。有凋落的古堡和廢棄的倉庫。他所住的公寓，是個紡織廠的舊廠房改建的。他住得高，從窗口望出去，能看見默西河與廣闊的荒野，河水流得慢，也彷彿是凝滯的。這裏的人際便更冷漠些，日常也有著不必要的客氣。讓他本拘謹的性格，在南半球火熱的鍛造後，慢慢冷卻。對於女人，也一樣。性似乎亦無可無不可。他滿足於精謹且無聊的工作，就這樣過去了兩年。若說平日裏有什麼亟盼，可能是公司出門的

第一個街角右轉，進入一條後巷，那裏有一間中餐廳。老闆是成都人，餐廳上寫的是京川滬菜館。對貪新鮮的外國人說，中國的各色菜系，並無太大分別。但大約是原鄉的緣故，這家菜的口味十分濃重。對講究清淡的粵廣人說，原本是南轅北轍，但在這冷卻的城市，尤其是冬日，這菜館火熱的氣息，漸漸讓連粵名愛上了。一碗酸辣湯先暖了胃，麻婆豆腐、回鍋肉和口水雞，每一樣都是讓味蕾有記憶的。吃慣了，久了，他索性懶得自己做，便將這間叫「蓉香」的中餐廳當了食堂。漸漸和魏姓老闆熟了，老闆便也知他不愛熱鬧的性格。在他下班前，提前在餐廳最靠裏的兩人桌上，放上「留位」的牌子，等著他來。但到了節假日，如聖誕，西人舉家團圓。因生意清淡，許多中餐廳便入鄉隨俗休了業。「蓉香」卻還開著，連粵名婉拒了同事的邀請，沒有地方去，仍來了。餐廳裏只有兩三位客，老闆送他一個菜，又遞給他一本書。書的裝幀很粗糙。他翻開扉頁，才看得出是本詩集。他抬起頭，老闆輕輕說，是我寫的。他臉上還未露出恍然神情，去迎接這個滿身油煙氣的詩人的新身份。對方已滿面羞赧，對他使勁擺擺手，讓他不要聲張。他打開其中一頁，上面有一句詩，「思鄉的火車開遠了，再看不見，我哭了／是被空氣中的辣椒味，熏的」。

多年後，他對袁美珍提起魏老闆的這句詩，她說她已經記不得了。

他和袁美珍，初識在這間中餐廳。照常是熱鬧的工作日夜

晚，他收工，默默地坐在餐廳最裏面的小台，吃一碗鐘水餃。吃到一半，老闆太太走過來，抱歉説，連生，這位小姐等很久了，都沒有桌子空出來。能不能和你搭個檯？他沒説話，頭也沒有抬，只是將面前的碗盞，向後撤了一撤。就聽見有人拉動椅子，然後坐下來。他聞到一種若有若無的香氣，不禁仰一下臉。看對面的人，正將一條水紅色的圍巾取下，小心地疊起來。他聽到一把女聲，用廣東話叫了紅油抄手，臨了輕輕説了「唔該」。聲音明晰俐落。這時候，他吃完了，叫老闆埋單，一邊將手絹拿出來，擦擦眼鏡上的霧。站起來，餘光看到對面客人。是個很年輕的女孩，眉目十分平淡，有粵廣女生常有的黃臉色。留著這年紀女生常有的長直髮，將眉目又遮住了一些。

過幾天的晚上，連粵名正吃著飯。聽到有人用英語問，先生，介不介意搭個檯？他抬起頭，看原來又是前些天的女孩。她將頭髮束成了一束馬尾，戴了副金絲眼鏡，穿身黑色套裝，人看上去成熟幹練一些。若有若無的氣息，卻還是先前的。

連粵名沒有説話，只是將面前碗盞，向後撤了一撤。女孩坐下來，要了一碗宜賓燃麵，加了個開水白菜。便開始叮叮噹噹地涮洗碗筷。連粵名心裏暗笑，他想，這多此一舉的衛生行為，全世界大約只有老派的廣東人才會認起真。自己去國許久，早就忘了。沒想到在異國他鄉，會看到一個後生女這樣。女孩收拾好，給自己倒上一杯茶。沉默了一會兒，忽然問，先生，你吃的是什麼。

連粵名楞一下，悶聲道，燈影牛肉。

女孩又問，好吃嗎？

沒等他答，對面竟然伸出一雙筷子，夾起了一塊牛肉。這突如其來的舉動，讓連粵名嚇了一跳，他一抬眼，皺起眉頭，看女孩正咀嚼著那塊牛肉，嚼得很仔細。然後她用紙巾擦一擦嘴唇，喝口茶，說出了自己的結論，還不錯，就是辣了點。

連粵名沒來得及收回自己的目光。女孩說，聽先生的口音，是廣東人。

他正猶豫要不要答她。女孩卻接口道，我來猜一猜，你是，香港人？

連粵名的眼裏的一絲光，暴露了心事。女孩興奮地說，我猜對了吧。

連粵名點點頭。她說，香港人的廣東話，才有這樣的懶音。我大學時讀的應用語言學，算是行家呢。

這一刻，她平淡的臉，忽而生動，泛起了紅潤。就連臉上淺淺的雀斑，也有了生氣。然而，很快，她的神情又似乎黯淡下來。這時，她的麵來了，她用筷子將麵和肉臊拌開，拌勻，拌了許久。卻停下筷子，並沒有吃。

連粵名吃完了，站起來去埋單。忽然聽見女孩說，我也是香港人。

連粵名轉過身，看一眼，對她說，你點這個牛肉，可以交代廚房少辣。

以後，連粵名再吃飯，便經常有這女孩和他搭檯一起吃，即便是在客少的時候。有廣東籍的老跑堂，打趣說，袁小姐，又來同連生撐檯腳！

連粵名聽到，臉上便使勁一紅。倒是袁小姐，大大方方地答，係呀！

他便知道，女孩叫袁美珍。從香港到曼城大學讀一年制語言教育的 MA 學位，讀完了想要留下來，應聘卻屢屢碰壁。用她自己的話說，「在英國教人英語，是要關公門前耍大刀嗎？」

她第一次和連粵名說話，自作主張，吃了連粵名的菜，也知造次。那天她應聘了最後一家公司，做好了失敗就回港的準備。卻不曉得，第二天就收到了錄取通知。她的工作，是為來曼城讀大學的預科學生，培訓英文。她說，連生，你是我的福將。好彩我那天晚上，吃了你的牛肉。

連粵名也知道，這是無根據的恭維話。但不知為何，心裏卻也隱隱地高興了。

因是兩個人吃飯，大家可以多吃一個菜。花樣也就多了，搭配上也就花一些心思。若一個叫了牛佛烘肘，另一個便叫白油豆腐，葷上托素；若一個叫了水煮魚，另一個便叫樟茶鴨，濃淡總相宜。兩人收工的時間不同，若一個先到了，便等另一個，等來等去，總是時間不經濟。便又自然留下了聯繫方式，先到的先點，說了自己想點的，等對方搭上一個。連粵名有時

先到了，電話說了自己點的，估摸袁美珍要配上什麼。等她說出來，跟自己想的一樣，瞬間便生起孩童般的開心；若不一樣，那剎那的失落，也是孩子的。

再吃下去，便是默契了。一個可以幫另一個點。晚來的那個，多是工作上有牽絆，便會說給先來的聽。一個說，一個聽，就著一筷子菜，一口茶水，說說聽聽，一頓飯也就吃完了。

到了埋單時，連粵名有時仍不慣西人作風，心裏人男子主義些，覺得自己年長，又工作長些，推推讓讓自己給付了。女孩卻堅持要和他 AA 制，一兩次後，竟然發了脾氣，將自己的一份錢拍在桌上，揚長而去。一次走得急了，留下了一副毛線手套。連粵名追出去，人已不見了。

晚上，連粵名就著光，看那副手套，已經很舊了，泛起了淺淺的毛球。他將右手伸進去，竟然能戴上，想袁美珍小小的個子，手卻不小。只是在食指的指尖位置，有一個小洞，是脫線了。他看著自己的指肚，因為工作磨出的老繭，從這洞裏透出來，硬錚錚的。

再一年的除夕，「蓉香」總算歇業了一天。魏老闆卻將連粵名請到店裏，說一起過個節。連粵名說，唔好客氣。我是一支公，你們兩公婆團圓，我阻手阻腳。

魏老闆說，我要回四川了，算給我們餞行吧。電話那頭靜一靜，又笑笑說，你又知道只有我們兩公婆？

連粵名走進店裏，看見除了魏老闆夫妻在，還有袁美珍。

只在店中間擺了一檯，袁美珍落手落腳，幫前幫後。倒顯得只有連粵名一個人，是客。四個人，吃到一半，喝得也微醺。魏老闆搖搖晃晃起來，唱「一條大河波浪寬」，又唱「我的中國心」。叫連粵名唱，他推託說不會唱，魏老闆舉著酒杯，不放過他。他只好也站起來，唱《獅子山下》，可真的五音不全，唱得席上的人都笑起來。袁美珍接著他唱第二段，竟是清亮的嗓，好像甄妮的原聲。

魏老闆忽然跑到廚房裏，又跑出來，手裏舉著自己的那本詩集，上頭都是油煙痕跡。翻到一頁便唸，恰好唸到那句：

> 思鄉的火車開遠了，再看不見，我哭了
> 是被空氣中的辣椒味，熏的。

這詩歌，被他的四川口音唸出來，再加上幾分醉意，其實有些滑稽。但忽然，就看見袁美珍的眼睛閃一下，伏在桌上哽咽起來，後來竟哭到失聲。魏太太將手放在她肩膀上。魏老闆止住她，說，別勸，哭出來，就舒服了。

最後一道菜，是魏老闆親自端上來的，說，這道菜是給我們，也是給你們做的。

連粵名一看，是一盤「夫妻肺片」。

三

　　這個除夕夜，袁美珍便隨連粵名回了公寓。

　　在燈底下，連粵名看看女孩的臉，終於伸出手去。他先摘掉自己的眼鏡，又摘掉女孩的眼鏡。沒有眼鏡，眼前人其實有些模糊了。他捧起了女孩的臉，終於吻上她，唇舌碰上了那一刻，忽然有些熱辣的味道，從味蕾滲入。他楞一楞，想起是夫妻肺片的餘味。

　　待事了了，連粵名坐在床上，才覺得赤裸的肩膀有涼意。懷裏的女人仍是真實溫熱的。

　　他回想，對於床事，袁美珍並不陌生，且相當主動。在身體交纏的細節間，往往知道自己努力爭取快樂。待她高潮時，平淡的五官間，便煥發出異樣的光彩。這讓連粵名既驚且喜。他想，這個女孩好，懂得如何取悅自己，便省去了讓別人取悅她的麻煩。

　　第二天清晨，他醒來，看見女孩穿著他寬大的睡衣，正坐在窗前翻看什麼。他看了看，發現是他從家裏帶來的一本相冊。帶來了許久，他從未打開過，甚至不知放到哪裏去了。但此時，他似乎並不怪袁美珍動了他的私隱，反而覺得她異乎尋常的親近。他悄悄下了床，打開抽屜。將一副嶄新的毛線手套

遞給了袁美珍。這幅手套，上面繡著奔跑的麋鹿。每個指尖上，都有一顆聖誕果。其實他聖誕前就買了，時常放在包裹，卻一直不知如何拿給她。袁美珍接過來，戴上，將將好。她大概也看見了聖誕果，故意用涼薄的口氣說，不知是哪個女人不要的，給了我。連粵名未及辯白，她卻噗嗤一聲笑了，說，多謝。我這倒沒有哪個男人不要的，送給你。

他們兩個，便依偎在床上，繼續看那相冊。袁美珍看到一張，是他大學時拍的維他奶廣告。那時青春澄澈，尚有一頭茂盛的好頭髮。她伸出手，摸摸連粵名開始稀疏的頭頂，他避一下。袁美珍說，怕什麼，貴人不頂重髮。又看到了一張，指著問連粵名。連粵名看著照片上面相嚴厲的老人，輕輕說，這是我阿嬤。

袁美珍仔細看了看，說，阿嬤的鞋真好看。

連粵名從未注意過阿嬤穿的是什麼鞋。這時看看。是黑底的繡花拖鞋，上頭鑲著水鑽。他看袁美珍看得不轉睛，笑笑說，你不嫌老土哦。

袁美珍靜靜地，半晌才說，老東西好，穩陣。

春節，連粵名第一次給袁美珍整了膶餅吃。

料自然是東挪西湊的。兩人走了幾家超市，又跑去了市中心皮卡迪利花園，在唐人街裏轉了兩轉，才勉強湊齊了。只是石蚵唯有改用生蠔，桶筍則以佛手瓜勉強代替。

晚上，袁美珍看連粵名用麵粉加水，使勁攪打，到了韌勁上來。這才燒上煤氣爐，坐上一只小平鍋。將那麵團在鍋底一旋，再一擦，便是一張薄如紙的餅皮。手勢嫻熟，魔術似的。袁美珍眼睛亮一亮，把他的手拿過來，放在自己膝頭，說，沒想到啊，連生，這手粗粗大大，倒巧得過女人。

連粵名笑笑，說，我跟阿嬤長大。我們福建人家常東西，自小眼觀手做，哪有不會的。

袁美珍便道，壞了，那我要是學不會，將來怕要被你家裏怪罪。

連粵名柔聲說，我們倆個，一個會就行了，另一個負責吃。

同居了一年後，連粵名才知道，袁美珍在西半山長大。待他知道時，她已經決定回香港。

袁美珍是家中長女，母親早逝，父親再娶。但辛德瑞拉的古老的橋段不適用於她的人生。她早早從甘德道搬離出來，從此靠自己。上學跟政府貸款，留學一路打工。在旁人眼裏，類似經歷的，總代表對富有家庭的叛離，是所謂「作」。一番輾轉，折騰夠了，便是塵歸塵，土歸土。前面的種種，都是為最後的好日子做鋪墊。可她並不是，她回到了香港，除了見了病危父親最後一面，還放棄了繼承權。

她對連粵名說，她始終沒恨過父親，也不恨後母。只是，她不理解，阿爸為什麼在母親死後，會娶一個和母親性情截然

的女人，並且安然走過這麼多年。這是對她阿母的否定，也是對她人生的否定。

儘管，她有著和父親極其相類的面目，這使得她作為女性，在相貌上從未有過優勢。但她很確信，出身寒微的阿母在這個家中，已經了無痕跡。能證明阿母在這個世界上存在過的，唯有她自己。

她給連粵名看母親的遺物。其中有一枚景泰藍香盒，外頭鑲著金絲繞成的枝葉，覆蓋著莫可名狀的月白花朵。打開來，是張圓形小照。照片很老了，上面印著一抹胭脂。黑白界線已不分明，灰撲撲。但辨得出，相中人不是閩粵女子的面相。很圓潤，清秀，倒有幾分江南女子的情致。眼裏含笑，有主張。

連粵名又聞到香盒裏蕩漾出一絲氣味，和袁美珍身上的，竟是一樣。幽遠的花香。袁美珍說，這是素馨的氣味。母親一生只用這一種香，應時的花，插在鬢上。謝了，便攢起來，叫人焙乾、磨粉，製成香。

如今用香的人，製香的人，都沒有了。她要留著母親的氣味。好在 Gucci 推出 A Chant for the Nymph，前調正是素馨。她便一直用這款香水，用了很多年。

母親是存在過的。她證明的方式，也包括讓自己獨立艱辛地活著。她說，母親一生所有，也都是憑一己之力掙來的。

連粵名說，那你，願意回香港了？

　　袁美珍説，以前，我不回去，是因為沒有底。如今有了你，我就有了底。

　　料理完後事，兩個人便在北角租了處唐樓，在明園西街。房子是阿嬤一個同鄉老姊妹的，幾十年的牌搭子。她老伴兒是上海的工廠主，五十年代來香港。到老了兩人整天吵架，不勝其煩。就買了兩個相鄰單位，除了吃飯，各安其是，省得兩看相厭。三年前老先生壽終正寢，老太太隔壁房子便空著。如今租給連粵名，租金要得很便宜。説是兩個年輕人，壯一壯陽氣。

　　兩個人住下來。家具都是現成的，雖是老派，酸枝雞翅木，看著卻有説不出的砥實與可靠。連粵名看袁美珍不嫌，便放下心來。他的履歷很好，又有留洋經歷，未幾在母校南華大學謀到助理教授的職位。拿到工資當天，心裏也踏實，他陪著袁美珍好好走了一回北角，沿著電器道，一直走到英皇道。一路走，一路講。哪裏是他讀過的小學，哪裏是他常去的戲院，哪裏是他愛吃的大牌檔。袁美珍望著皇都戲院，斑駁的紅牆和浮雕。她説，要説這裏也是香港，前許多年，我住過的那個，倒不像香港了。

　　連粵名帶她拐進一處暗巷。巷道幽長，走著走著，整個黑了下去。連粵名就牽上她的手，一片密實的黑裏，辨認彼此呼吸的輪廓，向前走。走著走著，豁然開朗，竟是一片溫黃的燈光。光裏是一面牆，牆上五色紛呈的一片。原來是個單邊的橫

門舖，整面牆都是櫃，琳琅的都是鞋。高處四個字「麗宮繡鞋」。連粵名説，阿嬤自打到了香港來，拖鞋都是在這裏買的。他拿出那張照片，給老闆看。光頭老闆看一眼他，説，阿名，好耐冇見。都話你讀番書唔翻來喇。

連粵名笑笑説，老闆替我挑一對。

老闆仔細辨認，説，帶水鑽嘅，阿嬤呢款唔好搵，畀啲時間我。買多對？

連粵名又笑笑。老闆看一眼袁美珍，醒目道，得！少等。

半晌，老闆出來，捧著一雙説，小姐好彩，仲有一對。阿嬤嗰對，魚戲蓮荷。呢對仲好意頭，連理枝。

袁美珍脱了鞋，將這對鞋穿上，尺碼剛剛好。水紅色的緞面上，繡了蔥蘢的枝葉。將兩腳並攏，鞋上的枝條便彼此相連，一體渾然。

從麗宮走出來，袁美珍説，你好嘢，先前送了我手套，如今又送鞋。我上下的手腳，都被你捆住了。

連粵名不説話，只是笑著望她。

回到家，兩人心生默契，一擁一抱，便向床上走去。大得不合情理的寧式床，原本在臥室裏是突兀的，這時卻讓他們如魚得水。轉轉間，喘息都是炙熱。其間起伏與攀升，有些硬的床板，硌著他們的脊背與胸腹，倒有些凌虐的快意。將到高潮處，連粵名忽而抽出身體。袁美珍不情願地坐起身，看見他急

灼灼，從包裹拿出那對鞋，給袁美珍穿上。女人淨白身體，腳上是豔紅的兩點。他的慾望頓時膨脹，衝撞間，有些不管不顧。動作猛了，鞋便落到了地上，「啪嗒」一聲。他沒有停，將女人抱起來。卻踩到了鞋上，只一滑，鞋飛了出去。琳瑯水鑽脫落，灑了一地。他怔住，心神一恍，洩了力氣，用抱歉眼神看袁美珍。女人沒說話，伸出手臂，只管緊緊攬住他的頸。

　　因為孫住在這裏，阿嬤來得便勤。來了，先去探老姊妹，手裏捧著一顆柚。

　　到了連粵名的屋裏，看尚算窗明几淨、企企理理。這天連粵名去大學教課，只袁美珍一個人。阿嬤含笑看她，溫言軟語。袁美珍看著這老太太，身腰朗直，樣貌和照片很像，可又說不出，似乎是哪裏不太像。阿嬤說了一句，便站起來。一低頭，看見床底下的繡花拖鞋，瑩瑩地，泛著水紅的光。另有幾星燦然，在最內的深暗處閃一下，又一下，是散落的碎鑽。

　　她便回過頭，對自己的老姊妹說，你就好喇。前些年牌桌上輸你的錢，幾個月租金給你賺回了本。

　　老姊妹剛想為自己辯白。卻見阿嬤改用了莆仙話，說，有手有腳，不出外做事，租金都是我孫一個辛苦掙來。

　　老姊妹楞住了，卻看她臉上並無慍色，相反似是一種欣然神情，像在分享一椿可喜的事情。阿嬤滿面含笑，繼續說，淡眉眼，高顴骨，是個男人相。名仔命硬，將來少不了苦頭吃。

老姊妹怔怔，偷眼望一下近旁的袁美珍，似乎並無反應。她便也以莆仙話，悄然説，不好這麼説自己的孫媳婦啦。

阿嬤挑挑眼，微笑道，沒過門，算得什麼媳婦。

老姊妹看袁美珍笑盈盈，便也大起膽子，一瞥臥室裏寧式大床，説，過門兒有什麼要緊。我可是聽得見，這日日夜夜的，怕是你要先得一個曾孫呢。

阿嬤回過身，用慈愛神情看著袁美珍，説道，我預備擺酒，怕是人家家裏無人來。

袁美珍笑著牽起阿嬤手，敬一杯茶。自己捧起另一杯，將一種東西，在自己心底擠壓，碾碎，然後就著茶水咽下去。

往後的幾十年，阿嬤一直以為袁美珍聽不懂她晦澀的家鄉話，甚至當著她的面，和別人説些日常體己。那日，袁美珍當真希望不懂。連她都低估了自己的語言天分。回香港的第一個月，她有意無意，聽連粵名和阿嬤的幾通電話。那天阿嬤微笑看她，説出來的，她聽得真金白銀，一字一血。

兩個月後，袁美珍在港大山下的堅尼地城，看定一個單位。面積很小，租金卻貴上許多。二話不説，她便與連粵名搬了過去。阿嬤挽留道，何苦搬去那裏。北角多好，一家人多個照應。

袁美珍笑一笑，柔聲説，阿嬤放心，我會睇實你嘅孫。

四

　　這一晚，連思睿回來時，已近午夜。她看見父親躺靠在客廳的沙發上，知道是在等她。等得久了，人已經睡著。半張著嘴，頭髮散下來覆蓋在眉眼上。在焦黃的燈光裏頭，一動不動，讓她心裏無端緊了一下。這時，她看見父親身體挪動，大約姿態舒服了些，輕聲打起了鼾。她才舒了口氣。

　　桌上擺著一盤腸餅，還有已冷卻下去的餡料。思睿拿起了餡料裏的勺子，勺把也是冰冷的。

　　連粵名被自己急促的鼾聲驚醒。他睜開眼睛，看見女兒坐在桌前，正大口地吃著一塊腸餅。再一看，思睿竟是淚流滿面。他不禁一慌，將自己坐直了，問，女？

　　思睿這才發覺，父親醒過來，忙拉過紙巾擦擦臉，笑笑說，阿爸，鹹咗啲哦。

　　連粵名站起身，給她倒了一杯水。開一開口，還是問，怎麼了。

　　思睿楞一楞，說，岳安琪在「小摩」找了份工。投行真是青春飯，人老得多了。

　　連粵名說，同佢見面，唔開心？

思睿看他一眼，站起來，說，阿爸，我去沖涼了，好边。
你都早啲瞓。

連粵名看她走進浴室，順腳穿上門口那雙繡花拖鞋。水紅
色的影，在暗處一晃。

連思睿出生在堅尼地城，但在何翠苑長大。何翠苑，是連
家購入的第一個物業，那是一九九九年。「九七」那年，政府剛
剛推出「首置貸款計劃」與「八萬五」，便遇金融風暴。香港樓
價插水，兩年後每況愈下，新推樓盤無人問津。然而，此時袁
美珍卻看中了薄扶林道上的「何翠苑」，港大毗鄰。連粵名說，
這是個豪宅盤，買了要是跌了怎麼辦。袁美珍看他一眼，說，
都像你這麼想，永遠買不到樓。全球利率下降，有排跌，跌我
都認。連粵名看妻子目光堅毅，便點點頭。

然而即使市況淡，這樓銀碼大，首付款並不夠。連粵名想
去跟阿嬤想辦法。袁美珍說不要，何必動人棺材本。她便一個
人去了甘德道，回來說，借到，明日去銀行辦按揭。連粵名看
她神情悵然，便說，既如此，當年又何必放棄繼承權。

袁美珍抬頭望他一眼，說，一碼歸一碼。

他們買進望北小單位，三百八十呎，卻有一個大飄窗。一
家人坐在窗上，看到山下，目光越過德輔道，便望到海。天高
海闊，遠遠地有船隻過往，似聽到汽笛鳴響。

誰料到往後幾年，樓價攀升，一往無前。時過千禧，他們

的房子，價格升過一倍。思睿長大，三口人住得逼窄。連粵名升職加薪，想換樓。袁美珍說，仲未得！連粵名以為她婦人保守，便說，地產經紀都話，高處未夠高，愈高仲難買。袁美珍說，聽我講。

他們便等。二〇〇三年，SARS 爆發，哀鴻遍野。殃及樓市，香港再現負資產。何翠苑亦難獨善其身。連粵名嘆氣，因物業價值縮水。袁美珍卻說，出于，換樓。連粵名說，你知「淘大」爆疫情，現時兩房單位，五十多萬都無人接手。今日不知明日事，你又知幾時輪到我們。袁美珍說，我知。聽我講，換樓。

他們換到了八百呎單位。袁美珍用盡積蓄，兼賣掉手上幾隻藍籌股，竟又湊出首期，買了皇后大道上雲若大廈一個唐樓單位，夫婦聯名。連粵名前所未有與她爭吵，說，我日做夜做，也供不了兩層樓。袁美珍看她一眼，一彈牙，擲出三個字，「使你供？」轉頭便找了地產中介，將唐樓租了出去，以租養供。這樣租了半年，疫情得控，樓市便回春。勢如雨後新筍。兩處物業，幾個月內帳面淨升近百萬。身邊知情的，紛紛向連粵名賀喜，說嫂夫人這份魄力，當真神勇。連粵名聽了，笑笑說，佢啊，得個「勇」字！

以後隔開幾年，儲夠了首期，便買一層樓，用的都是兩人聯名。連粵名自覺供得辛苦，但仍說，這樣好，好似你對鞋，我哋總算是連理枝。袁美珍楞一楞，道，什麼連理枝，這叫「長

命契」。誰活得長，將來這樓都歸誰。

買到第五層樓，搬到甘德道。她住過的家，如今只住著後母。兩處房子，隔一個街口。連粵名說，幹嘛要買到這裏，我們不開車，落去山下也不方便。

袁美珍打開窗子，用手使勁揮上一揮，像是要將夕陽最後的光線掃進來。她說，那女人住得，我阿媽都住得！

她說這話時，一把蒼聲，徐徐暗啞。不似她平日的開闊激越，倒如他人借她口發出。聽得連粵名，後背生出一股涼。

明倫堂競聘舍監，袁美珍要連粵名申請。連粵名初是不願的。他剛剛評上了教授，論文與專著，加上教資委的科研項目，前幾年殫精竭慮，終於可以鬆鬆骨。他便說，我們好不容易湊大仔女，如今又要湊別人的仔仔女女？

旁邊的思睿也幫腔，我剛剛大學畢業，難不成又要住回大學去？

袁美珍不管。舍監可住在舍堂頂樓，千幾呎的大單位，免費住。住進去，自己的家便可放租，每個月租金四五萬進帳，哪有如此好著數！

第二天是周末，連粵名起得很早。近些年，他對睡眠的需求越來越低。即使多晚睡，都會在晨光熹微中醒來。這時打開窗，能看見樓下的體育場，已有晨跑的人。天漸漸亮起，跑道

上的人也多起來。自從大學對外開放，這體育場上便多了許多的日常煙火氣。周末，甚至能看到舉家出游。年輕的父母，年邁的祖父，或躬身，或蹲在跑道上，鼓勵著正在蹣跚學步的幼兒。看台的一側，成了菲傭們周末聚會的場所。遠遠便可以聽到他們嘈嘈切切的談笑聲，以及豐富的肢體律動。在任何時候，他們都有難以言喻的歡樂。

這一點感染了連粵名，讓他的心情好了一些。但他並未駐足太久，因為他要下山去。這成為他久長的習慣。即使距離他們最初搬來西環的生活，已有二十多年。但是每個周末的早晨，他都會穿過薄扶林道，搭西寶城的電梯，回到堅尼地城。那是他最初的住處。附近的一條暗巷裏，有「炳記鍋貼店」。

因為油鍋架在靠門地方，還未走近，已聞到牛油膏腴的香氣。門口排了小小的隊，都是附近買早點的街坊。連粵名排到末尾，忽而聽到有人喚他「教授」。一看，是「炳記」的老闆。原先的老闆炳叔年紀大了，已退休。生意傳給了他兒子，是個精壯的中年漢子。老闆當著眾人面向連粵名招手，喚他，反讓他有些不好意思。好在很快排到了他，老闆說，照例八只牛肉鍋貼，兩碗酸辣湯？他點點頭，拿出錢包。老闆連忙一擋，說，教授，多虧你給我蘊仔寫了推薦信，被聖彼得小學錄取了。今日我請。說完，又夾起四只生煎包放進去。

老闆順口對後頭的街坊說，你看如今什麼世道，申請個小

學，都要大學教授寫推薦信，才得了一塊敲門磚。連粵名一怔，嘴上道「恭喜」，心裏也替他高興，卻不禁嘆上一口氣。近來在網上看到一個詞叫「內捲」，才知比起自己半世競爭，如今一代是如何無望。

臨了，老闆說，教授，我哋做到下個月唔做了。

連粵名也不禁吃驚，因為「炳記」的生意，一直都很好，已成為西環的一塊金字招牌。店裏貼著複印的報紙，是城中哪個著名的美食節目來採訪過；牆上又有數張照片，雖然都滿是油煙，但清晰可辨是來幫襯過的明星。比如住在「弘都」的謝寶儀，都是常客。便問他為什麼，他搔搔腦袋，說，舖租年年漲，如今銀碼好犀利，冇得賺啦。我阿姐開了間物流公司，我想去幫手。

連粵名脫口而出，這幾十年的好手藝，不是可惜。

老闆說，嗨，滿漢全席都失傳，我哋呢行濕濕碎啦。

連粵名回到家，母女兩個正在洗漱。連粵名將鍋貼和生煎包擺在盤子裏，在晨光中，是金燦燦的喜人顏色。酸辣湯也還熱騰騰的。他倒上了兩碟浙醋，坐下來，滿意地嘆一口氣。

袁美珍匆匆望一眼，說，好油，我減肥。

便去冰箱拿她的營養代餐。都是些菜葉和低卡的糙米。連粵名說，偶爾吃幾口，再減不遲。

她擺擺手，用膝蓋將冰箱一頂，自顧自就往自己房間走

回去。

倒是思睿，一邊戴隱形眼鏡，一邊嗅嗅鼻子，說，炳記？

連粵名點點頭，看披散著頭髮的思睿，穿著睡衣，上面是印著明黃色的皮卡丘，不事妝容。眼光有些散，不聚焦，像又回到孩提的稚拙樣子。

連粵名見她用手拈起來便吃。本想阻止，但想想卻終於沒有出聲，只看著她吃。女兒吃東西，隨他幼時，也有兒童的貪婪相。沒有了顧忌與矜持，而有知足獨樂的一片天真。

他問，好吃嗎？思睿喝了一口酸辣湯，腮幫鼓鼓的，不說話，只點頭。

他想起那個遙遠的冬夜，在曼徹斯特的偏巷裏，叫「蓉香」的川菜館。他坐在最靠裏的一桌，獨自吃一只火鍋。在他用筷子夾起一綹冬粉，吃得呼哧呼哧。近旁傳來一個蒼老的聲音，原來是鄰桌的白人老婦。她用英語對他說，孩子，看你吃得這麼香，我食慾都好起來了。

他想著，不禁微笑了。倒是對面的思睿停下了筷子，看著他，是憂心忡忡的樣子。他這才回過神來。思睿問，阿爸，你今天有空嗎？

他說，有啊。

女兒將手上紙巾團在一起，旋即又展開，再團起來，擲到了桌上，好像下定一個決心。她說，阿爸，岳安琪約我去看巴塞爾展。她今天有事去不了，要不你陪我去？

連粵名看看女兒，輕輕說，好。

父女二人到了會展中心，大約因為是周末，正是人頭湧湧。連粵名對各種展覽，並不是很感興趣。在英國這麼多年，大英博物館竟然僅去過一次，而且只看了東方館。看完並無太多心得，只是感嘆所謂文明的遷移。所以，他對經世致用的香港人，居然對現代藝術抱有如此之大的熱誠，是有些驚訝的。

入口處巨大的白色機翼，覆蓋著厚厚的羽毛，像是一只停駐在半空的積雨雲，臃腫沉厚，彷彿隨時會墜落下來。下面的鼓風機，噴出微弱的氣流，有些羽毛便飄揚起來，隨後又落回到了機翼上。但是有一些似乎偏離了軌道，在空氣中凝滯瞬間，便游離到了一旁，一片正落在連粵名的腳邊。那巨大的翅膀便有幾處破敗，暴露出了金屬的光澤。某處折射了一束光線，正射到連粵名的方向，不經意刺痛了他的眼睛。

展位由不同的藝廊組成，以白色複合板隔斷，猶如冰冷而潔淨的蜂巢。一些人，是畫廊經紀、策展人或駐場的藝術家。他們或坐或站，藏在色澤鮮豔或者晦暗的衣服裏，臉上有冷漠得宜的微笑，如人均一只的面具。

他和女兒默默地走著。思睿似乎並無念頭在所經之處駐足。但是，間或會有一兩個男女，停下來與她打招呼。一個渾身披掛著鮮肉色服飾、戴著頭巾的黑女人，以熱烈的語氣叫住

她，擁抱、親吻，開始熱烈地交談。連粵名有些不適應這種熱烈，帶著熱帶的未經修飾的禮儀。他不禁退後的一步，這女人便更像一塊滿是經絡的、正待入煎鍋的菲力牛排。然而她卻流利地說著廣東話。因為她太大聲，連粵名數次聽到了林昭的名字。他看到思睿的眼神終於躲閃了一下，似乎對這場對話已經意興闌珊，看了一眼父親，並且壓低了聲量。

　　連粵名走開了一些，他站在一幅猶如教堂穹頂的畫前。豔異的藍與黃，一圈又一圈，從稀疏到密集，以一種難以名狀的向心力，最內是深不可測的漩渦。這漩渦如一個核心，吸引他，走近去。這才發現，那是一隻深藍色的蝴蝶。他抬起頭，忽而發現，整一幅畫都是蝴蝶。成千上萬的黃色、藍色的蝴蝶翅膀，被肢解，重組、按照顏色拼嵌成這穹頂一般肅穆的圓周。唯一完整的，是那只深藍色的蝴蝶屍體，在圓周的核心孤懸。這個意外的發現，有些觸目驚心。他不禁躬身，看見旁邊的標籤，寫著 Blue Cube。

　　這時，他感到肩頭被拍了一記。抬起頭，看是個西裝客。原來是「南華」的同事，音樂系的老李。他說，在這看到你，還真是關公戰秦瓊。連粵名被這個不倫不類的笑話，弄得不知擺個什麼樣的表情。說起來，老李可算是他的髮小，自小也在春秧街長大，同一間小學。祖籍上海，很早就移民，前些年才回流。便脫去了北角子弟的習氣，變得洋派逼人。一年四季都是一身西裝。但有趣的是，和很多「番書仔」愛在廣東話裏夾

雜英語不同，他的言談愛摻著一些國語，還是捲起舌頭的京片子。這多是拜他的北京太太所賜。據說這太太是一個相聲世家的後人。所以昔日同學小聚，餘興節目便是老李的一段貫口。但連粵名並未見過李太太。此時老李身邊一位女士，十分年輕。連粵名想想，究竟沒造次。老李哈哈一笑，唔好亂嗡！這是電影系的周博士，跟 Professor Perry 研究伯格曼。

這年輕女士對連粵名點點頭，說，連教授，您好。

連粵名有點詫異。周博士笑笑，我有個學生，住在明倫堂，說自己舍堂的舍監先生，好得蓋世無雙。

這曲折而俏皮的恭維話，還是讓連粵名心裏熨貼了一下，同時佩服她的情商。周博士說，連教授也喜歡 Damien Hirst？

連粵名茫然了一下，剛明白過來。老李煞風景地說，他哪裏懂這個。你家裏冷氣機壞了，跟他說就算找對人。還有，他煎牛排是一把好手，我們在英國時……忽然，他似乎也被面前的一片藍所吸引，喃喃地說，你說，這麼多翹辮子的蝴蝶，就沒個環保團體來投訴？

這時，思睿走過來，看見他，便喚，李叔叔。

他先是楞一下，然後上下打量說，Tiffany 長這麼大了嗎。叫什麼，女大十八變。繼而瞇起眼睛，用欣賞的口氣說，還好，還好，長得既不隨娘，又不隨爹。

因這話突兀而尷尬，周博士脫口而出，打斷了他，Leo！

然而一剎那間，在場者都感到了一絲突如其來的曖昧。周

博士自己先將聲音矮了下去。一剎的安靜後，還是老李哈哈大笑，説，看到沒？怎麼能叫李叔叔呢，活活把我叫老了。都要叫 Leo。

又説了一些閒話，無非是有關大學改制，以及下學期要換校長的傳聞。老李與連粵名約了下周末打球，便各奔東西。周博士臨走時看向他們，微笑了一下。連粵名和思睿，在這笑中，都捕捉到了些微歉意。父女兩個，望向他們的背影，沒有説話。

大約又走了一程，思睿忽而停了下來。連粵名先前的預感越來越濃重。他看著思睿，説，女女。

思睿面向一張黑白照片，照片上是一對背靠背的男女。他們的頭髮綁在了一起，緊緊地。連粵名想起家鄉村口兩棵枝葉交纏的榕樹。某一個夏天，當他陪阿嬤回到莆田，看到其中一棵遭到雷劈，樹冠已經焦黑。照片的旁邊有一張卡片。阿布拉莫維奇 & 烏雷，*Relation in Time*，1977。

但是，女兒的目光並不在這照片上。越過層層的白色擋板，與交錯的人群，連粵名也看到了遠處有個坐在輪椅上的女人。這女人的輪廓讓連粵名感到眼熟。思睿看一眼父親，説，阿爸，你陪我過去。

他們走過去，越來越靠近時，連粵名在空氣中聞到了人們重濁的汗味。他漸漸屏住了呼吸，因為他終於認出輪椅上的人

的面目，是女兒的男友林昭。

他確認是他。這個曾經常出入於他們家的孩子，與思睿青梅竹馬，整潔與安靜，有一種難以言喻的、讓長輩們心疼的體貼與本分。中學畢業後，林昭去了日本留學，學習藝術管理。再回來時，人長高了。頭髮也長了，還是很安靜。來作客，無很多言語，與思睿坐在一起，彷彿一幅畫。是那種日常的、無須多言的畫。若是舊人，會以「靜好」來形容。一眼可望過幾十年，是人近暮年的溫暖和砥實。阿嬤也喜歡，説，這孩子的手上，有一根青藍色的血管，莆仙話叫「老脈」，作為男人，是頂靠得住的。

然而，連粵名已經一年沒見到林昭了。思睿説，他經常出差，往返於歐洲和香港兩地的藝廊。聚少離多。

他確信他看到的是林昭。但是，面前的這個人，披著斑斕的披肩。臉上有濃重的妝，人極其瘦和單薄，雖然撐持精神，卻看出是疲憊的。説話間，頭不由自主地耷拉下來，像是一片枯萎的樹葉。連粵名看到了他的手，連著一個輪椅上支起的吊瓶。那條青藍血管，在慘白的手上突起，是蚯蚓樣扭曲的葉脈。

連粵名側過臉，看思睿臉上抽搐了一下。她輕輕説，阿爸，你看得沒錯。他現在是個女人，就快要成功了，只差一小步。

她默默地收斂了目光。她説，他沒法再繼續手術了。排異併發症，醫生説，他還有四個月的時間。

連粵名感到，女兒將自己的手放在他手裏。這手溫暖而綿軟，同她小時候一樣。當她進幼兒園、參加會考，第一次走向鋼琴比賽的舞台。她都會將她的手放在父親手裏。但長大以後，她似乎很少這樣了。這感覺如此熟悉，連粵名本能一般，將女兒的手緊緊握住了。手心薄薄的汗，發著涼，也因為他的握持重新有了溫度。思睿說，阿爸，我有了他的孩子，我要生下來。

對於連粵名的爽約，老李自然是牢騷滿腹。因為他一向是個守信的人。

在曼徹斯特時，某周末他們幾個人相約遠足。清晨下了瓢潑大雨，所有人都默認取消了這次活動。但唯有一個人冒雨到達了集合地點，並且等了將近半個小時，是連粵名。

他接到老李的電話，低頭看了看了眼已經穿好的白色球服。一灘番茄醬，正濃郁地流淌下來。鮮紅的，像是含氧量豐沛的血。他伸出手，想拿一塊紙巾擦一擦，卻沒留神，嘴角有突如其來的腥鹹，也是血的味道。他望向客廳裏的落地鏡。他臉頰上如此清晰地，有一道彎折的紅。並不恐怖，更似萬聖節模樣荒誕的偶人。

他去廚房拿過掃帚，將地板上的番茄醬與玻璃渣掃起來。然後抬起眼睛，看一眼袁美珍。袁美珍手還停在空中，似乎因剛才那個投擲的動作而無處安放。她靜止地站著，像一尊雕

塑，也正望向他。目光也似雕塑一般冰冷，將連粵名對視的眼光冷卻、折斷。

那一邊，是穿著睡衣的思睿。她側過身體靠在牆上，身上也濺上了番茄醬。睡衣上的皮卡丘，因為一些倉促的褶皺，面目猙獰。

思睿選擇了一個不太好的時機，與母親攤牌。

對於女兒，袁美珍一直心事莫名。這一點在思睿成年後，才慢慢凸顯。尤其將兒子思哲送去了英國讀中學，她才發現女兒的性情開始顯山露水。大概因為思哲鳴放的性格，成為了這對兒女的代言。思睿太安靜，像一條終日食桑的蠶，你只能聽見勻靜的沙沙聲，卻忽略了成長。並且也忽略了她在成長中自我消化了許多東西。待你發現了她的長大，她已經將自己織成了一隻繭。這隻繭經緯密實，讓人無法進入。

在以後的數年，袁美珍將自己鍛造如森林中的獵手。她擁有了若獸類的敏銳嗅覺。是那種成熟而敏銳的母獸，可以在氣息複雜的空氣中，捕捉到極其輕微的荷爾蒙分子。她精確地掌握了思睿的月事，每當某個時候來臨，那游動在室內的些微腥氣都讓她興奮。

而更讓她警惕的，是女兒的臉。女兒在脫去了孩子相之後，長成了一張她熟悉的臉。這張臉，既不像她，也不像連粵名。這張臉柔美，有著似江南人的圓潤。眼裏含笑，有主張。

這是她母親的臉。

她想，隔了這麼久。這張臉終於又從她的生命裏浮現出來。如此出其不意，又順理成章。出於某種本能，她開始想要去呵護。然而，思睿卻顯然地，對這忽然的接近，存有疑慮。儘管她見過外婆那張模糊的照片，卻只當是家庭歷史的殘跡，更不可想像自己成為一個已逝去者的附著。

思睿對母親的疏離，與對父親的親近與依賴，同奏共聲。這日益成為某種默契。

此時，袁美珍充分地相信，丈夫已和女兒成為共謀。她舔一下乾涸的嘴唇，揚了揚手中的驗孕報告。這時，空氣中不單有番茄醬的腥鹹，還有另一種來自雌性的豐熟的氣味。她覺得自己的手抖動了一下。

思睿轉過臉，輕蔑地看了母親一眼，開始說話，和盤托出。

袁美珍聽著聽著，不禁有些走神。因為那豐熟的氣味濃重起來，對她構成某種威脅。她看著女兒的口型翕動，但似乎已沒有聲音。她的目光不禁游離到了很遠的地方。廚房的窗戶，有暗影掠過。她很確信，那是一隻山鷹。他們住在頂樓，有豐滿的氣流。山鷹不必扇動翅膀，即可翱翔。一圈又一圈地在空中盤旋，遠遠地飛過去，又飛回來。

忽然，她看見女兒停住了。思睿捂住嘴巴，跑去了洗手間。洗手間裏傳出一陣陣乾嘔的聲音。袁美珍與連粵名對視了

一眼，迅速地走到洗手間門口，將門鎖上，抽出了鑰匙。思睿開始拍打著門，發出驚天動地的哭喊。袁美珍看著連粵名，用一種滲血的眼神。

連思睿是在第二天的清晨，離開舍堂的。晨跑的學生，看著舍監的女兒走出了大門。他們記起，上次見到她還是在舍堂的 High table dinner。當時她穿了一間寶藍的晚禮服，儀態萬千，坐在舍監的身邊，對所有人親切微笑。他們叫她學姐，因為她畢業於本校的醫學院，據說已是令人豔羨的執牌牙醫。此時，她低著頭，拎著一只行李箱走出來，形容乾枯。在她上計程車的一刹那，他們看到她手背上有一塊青紫。她拉下襯衫袖子，輕輕蓋上了。

五

　　連粵名是在百年校園的教員餐廳，看到周令儀的。當時他正在吃一客咖喱飯。因為是上下午課程疲憊的間隙，需要這種濃烈的味道來醒神。他見周博士款款地走過來，身影在人群中閃動了一下，即時便不見了。

　　吃完飯，他走到了梁銶琚大樓的平台上，竟然迎面又看見了周博士。她身後跟著幾個學生，正在派發傳單。這時的周令儀，把頭髮草草紮成個馬尾，和學生們一樣穿了件 T 恤衫，胸前寫了個大大的「戲」字。人看起來便格外的年輕。她主動跟連粵名打了個招呼。連粵名低一低頭，說，上次真是唔好意思，爽了約，屋企臨時有事。

　　周博士擺一擺手，說，不過是打個球，你也知道 Leo 這人，慣愛虛張聲勢。

　　說完，她將一張傳單放到他手裏，說，下周的彩排，連教授沒課就來捧個場。

　　說完了，俐落地一轉身。正離開，她忽微笑，輕說，我也喜歡吃咖喱。

　　連粵名一怔，瞬間便明白了，自己呼吸間殘留著南亞氣

息。他一面有些愧意，卻也知道是善意的提醒。因他接下來正要去一個校務委員會的重要會議。這間大學還保持著殖民地文化的某些遺風，些許勢利，比如對禮儀的過分注重。

待周令儀走遠，他舉起那張海報看。上頭寫：「戲中戲——《情，鑑》臨演彩排觀摩會。」周五下午兩點，地點是在陸佑堂。圍繞著文字的，是個穿旗袍的女人簡筆的側影，虛虛起伏的輪廓，讓他心神漾了一漾。

周五下午，連粵名本來身心俱疲，但還是準時來到了陸佑堂。

這座古老的愛德華式建築，曾經是南華大學的主樓。自從百年校區投入使用，主樓已漸寥落，學系搬遷，只保留了部分行政部門。紅磚和麻石牆上爬滿了經年的爬山虎，盛夏時節，宛如一座綠幕。這裏便成為本港婚紗攝影的熱門打卡點。但因是法定古蹟，出於文保的考慮，千禧年後，這些爬山虎便被從牆上除去。卻留下了藤蔓的遺蹟，深深地蝕進牆體。遠看去，是一張錯綜而斑駁的網，將這幢建築密實地包裹了進去。

他踏上了十幾級階梯，走到了陸佑堂門口，看見陸佑的銅像。面相莊嚴，眼眶深陷。百多年前，這個馬來富商建立了南華大學。關於這座銅像，流傳一則傳說。有學生在深夜時，看到銅像的眼睛裏默然流出淚水。大約每個有年頭的大學，都有一些鬼古。南華大學的尤多。比如某個本港富商，捐助一座大

樓，電梯有上無下，據說為了超度他莫名病故的太太。這些故事的基調往往是陰晦且恐怖的。但是，唯獨陸佑的故事，卻只讓人悵然與傷感。

他走進門去，看見湧湧的都是人。迎面的舞台上，正垂掛著厚厚的紫紅色天鵝絨幕布。高大的舍利安那式拱窗，有午後陽光照射進來。一些正照在了眼前，可以看見光線中飛舞的塵。自他畢業後，其實很少來這裏，但一切，似乎都沒有變。他抬起頭，看見戰後屋頂修補過的痕跡。這裏見證過許多歷史的高光時刻。那一年，孫中山卸任了中華民國的總統，重臨香江，便在這舞台上發表演說，談及在此修業，「極望諸生勉之」。更多的人進來了，他想像著幕布後在發生的事。他知道，這裏將上演這個國際導演選秀的尾聲與高潮。他將一位已故作家的小說情節，重現於她的母校。作家對香港，並無很好的念想。她對這裏的一切回憶，與戰亂相關。這座大樓曾被徵為臨時醫院，而她不得不和其他女生擔任看護，直面生死。他想，當年他選修中文系的課程，有位教授提及這段往事，看了看窗外。於是，他第一次聽說了陸佑流淚的故事。

連粵名想像著這一切，在幕布後會有怎樣的演繹。然後在禮堂裏挑選了一個安靜的角落坐下。幕布徐徐拉開，他第一眼就看見了周令儀。她穿了一件碎花的短衫，肩頭打著布丁。梳著一條獨辮子，臉上卻誇張地印了兩團胭脂。後面的布景也很粗糙，有著一種粗製濫造的假。紙板裁成的樹幹，開著一兩枝

俗豔的桃花，甚至假得有些不合情理。他不禁訝異。他看周令儀，以誇張的形體舉止，對一個戰士裝扮的男人，喁喁地說著話。那男子被化妝得眉目粗黑，臉上也印著胭脂。台下響起了轟然的笑。然而，幕布後走出了更多的年輕人，村姑和戰士，都如他們打扮，每個人臉上，都是凝重的表情。台下的人，漸漸也莊重了。隨著對話，觀眾們漸漸明白，這正是導演的用心。這齣戲中戲，是上世紀四十年代的大學生，在母校的舞台上演練愛國話劇。而周令儀的角色，在正式拍攝時，將由女主角所取代。她的存在，是用來甄選適合拍攝的群眾演員。然而，這話別的一場，其中的莊重乃至莊嚴，竟至令台下的觀眾也感到了悲壯。

連粵名許久不看電影，更無從接觸舞台劇。但此刻，舞台上的周令儀，卻令他回想起了他的青春。那略懵懂的，在旁人看來可笑的青春。自己又何嘗不是鄭重其事地度過呢。這其中，也包含了戀愛。想到這裏，他回憶起了那個微雨的除夕。他和袁美珍，依偎在狹窄的床上，翻看一本相冊。想到這裏，他心裏一陣酸楚。

演出結束，觀眾們散去。連粵名卻覺得腳下如磐石，提不起來。他便索性又坐下來。漸漸的人走乾淨了。他這才發現，這禮堂前所未有的靜和空。這時有人走過來，腳步聲竟然遠遠地有了迴響。

這人在他身旁停下。他抬起頭，這人卻坐下來。周令儀用

一張卸妝棉使勁擦著臉上的油彩，一塊胭脂突兀地蔓延到了嘴角。

她並沒有說話，遙遙地看著台上，幾個青年將那些貌似拙劣的布景抬下去。那株桃花斜躺著，枝條無力地垂下來。

連粵名輕輕說，周博士，難為你了。

周令儀側過臉，看看他，笑問，怎麼呢。

他說，這戲演得大智若拙，還得讓自己先相信。

周令儀朗聲大笑，笑完了，然後說，自己不信，怎麼能讓別人相信呢。

她開始在臉上拍爽膚水。油彩重濁的味道，漸漸褪去，代之以清凜的薄荷氣息。連粵名看著空蕩蕩的舞台，說，那個時代，人都天真得很。

周令儀沉默了，她摘下那頂假髮，將長長的黑色髮辮，在手腕纏了一圈又一圈。許久後，她說，連教授，您還好嗎？

連粵名微微地瞇一瞇眼睛，垂下頭，將心中一些洶湧的東西按壓了下去。他點一點頭，說，謝謝。

他們都不再說話。那闊大的窗戶，透過的光線也漸漸地黯淡了。但有一種紅金色，穿過了這層黯淡，仍然稀疏地一點點地在地板上跳動。或許是遠處院落裏的棕櫚樹葉，又或許是花崗岩柱的反光。這光跳著跳著，也隱藏於更深的暗了。

下一周，連粵名出現在了課堂上，講台上仍然放著那只碩

大的保溫杯。台下響起了劇烈的笑聲。他說，同學們，我已經辭去了校委會的職務。非不能也，是不為也。

這時，校方的調查報告還未對外公布。在眾人眼裏，他這樣做便有了挑釁的意味。他打開了保溫杯，喝一口水，然後徐徐地將杯蓋闔上。

自己不信，怎麼能讓別人相信呢。

他的口中漾起了枸杞與桂圓的香氣，醇厚得很，讓他的心也定了一定。從離家到穿過整個校園，羅漢果在茶裏頭載浮載沉，味道也滲出得剛剛好。這八寶茶，一清早，他先放上冰糖，除了上幾味，還有黨參、甘草、冰片和大紅棗。用將不燙手的茶湯沖上，最後擱上兩朵杭白菊。春用福鼎白，夏用安溪鐵觀音，秋用武夷岩茶。都是福建茶。茶色不同，四時有味，一切都剛剛好。

就在上一周，校委會上，他也這樣打開，飲了一口。這只水壺，被主席質詢，裝有竊聽裝置。在會議上，他的話向來不多。他張一張口，終於沒有說話，只是打開水壺，飲了一口。他知道，這和一個月前校委會會議錄音內容被洩露有關。理學院院長催谷副校長人選，唇槍舌戰、觸目驚心。當晚，這段過程的錄音被放上校網，連同全文發表。次日，校委會被學生會代表集結圍攻。主席說，與會委員手機上繳，請問錄音如何洩露。

他在眾目睽睽之下，打開水壺，喝了一口。鐵觀音的味道在口中漫溢開來，連同羅漢果的回甘。醇厚、微澀，一切剛剛好。

　　這只水壺，被學生拍攝下來，一併貼在了校網上。促狹地取了個標題：「一片冰心在玉壺」。他看了看，木然想，哪裏有什麼冰心，只有冰片。

　　袁美珍竟然也看見了，與他吵，說，連粵名，我現在出門買餸都被學生仔指指點點。你長得好本事，今天搞竊聽，他日就要影人裙底。不如我哋快點離婚，費事下次港聞版見！

　　袁美珍將水壺扔進垃圾桶。半夜裏，他悄沒聲音，將水壺翻出來，細細地擦乾淨，收了起來。

　　那天在陸佑堂，演員謝幕時，他忽然感到口乾舌燥。下意識地，在腳邊找那只壺，沒有摸到。他咽一口唾沫，舔舔自己的嘴唇。

　　他想起周博士的朗聲大笑。自己不信，怎麼能讓別人相信呢。

　　這天落了堂，他走在百年校園裏。學生們看見連教授。他們想起上個星期，這人還是全校笑柄，為何此時笑不出來。想一想，才發現這男人平日略佝僂的身形，目下竟是挺直的。他直著身體，拎著一只碩大水壺，走在尚算清澈的陽光裏頭。

　　連粵名回到辦公室，看到桌上有一封 campus mail。沒有寄件人，地址來自電影學院。拆開信封，裏頭竟是一本略發黃的雜誌。上面貼著綠色便箋。他打開來，看到是一整頁的維他奶廣告。一個少年，穿著全身的白色網球服。這少年頭髮茂盛，微微捲曲。站在陽光底下，無拘束地笑，青春無敵。

六

連思睿到底還是回來，參加了阿嬤的喪禮。

阿嬤走得突然，但算得壽終正寢。前一天，連粵名還去看她。連粵名為她捲胭餅。她連吃得下五只，然後一邊罵袁美珍半年沒來看過她，越老越唔生性。

吃完了，阿嬤取下嘴上假牙，説話就漏了風。罵人都用的氣聲，吟吟沉沉，但中氣也是盛的。

可就隔了一晚，人竟然就走了。家傭姐姐都沒有聽見，走得無聲無息。

阿嬤生前有交代，不在殯儀館做追思會。她説如今北角紅磡的「大酒店」，什麼樣的人都去燒。燒了活人都在一起哭。自己的孝子賢孫，都哭給了隔壁靈堂的人，好唔抵！

他們就在北角庵堂設靈，做一場法事。

來的都是相熟的鄉親，老少查某們，照例日出時分便來到庵堂，掀起大飯蓋，準備下鍋煮百人齋菜。太陽升起之時，鄉里穿起佛袍，與方丈主持，同讚佛頌文。中段休場，鄉親端上生果、豆腐湯，有條不紊。鄉里叔伯，木然對望、閒坐。呆呆地用眼神交流，以閩南語交談，向對方借火，抽一口煙。自家

老婆心不在焉，偷眼望手機，港股開市了。一切都熟悉。連粵名坐在繚繞的煙火裏，看著頭頂懸著「巍巍堂堂」和「慈航普渡」的牌匾。木木然，依稀覺得阿嬤還在。阿嬤用莆仙話對她喊，「莫再看咯，來啊，來啊，準備繞佛啦！」

他眼神四圍找阿嬤，卻再找不見，不禁悲從中來。眼底一酸，卻聽見四周圍人輕聲議論。他一抬頭，看連思睿一身黑，走進來。他看著思睿，眼淚便忘了掉落。思睿走到了靈前，直接跪在了蒲團上。庵堂裏一片靜寂，連誦唸經文的聲音，都停下了。

思睿想彎下腰，對靈位磕頭，可是太艱難。她於是一手支著身體，一手捧著隆起的腹部，輕輕彎一彎身子，口中說，太嬤嬤走好。你和這個玄外孫，一個太沉住氣，一個等不了。哪怕能見一面也好。

說完，便淚流滿面。她也不擦，由著不停流，卻一邊護著肚子，就要站起來。膝蓋卻動不了。連粵名趕忙就要起身去扶，卻被袁美珍一把死死拽住，用的是咬緊牙的勁。

還是旁邊兩個老婦人，見了便去將她扶起。思睿沒有言語，轉過身就望外走。這時，恰有一束陽光，打在庵堂裏頭。她便走進了那束光。身上起了一層毛茸茸的金色輪廓。本是清瘦的人，此時卻是個圓潤形狀。小腿看得見有些腫，走得很慢，步子卻篤定。

待女兒走出了庵堂，直到看不見，連粵名才收回眼光。袁

美珍拽住他的手，也將將鬆開。他手腕上卻還是生疼的。

四圍旁人的眼睛，都長在他們兩夫婦身上，針芒一樣。

一個月後，思睿順產了一個男孩。連粵名好說歹說，硬是將她接回了家裏坐月子。

到了家門口，思睿和袁美珍，都硬著頸。眼神碰了一下，彼此撞得粉碎。思睿不再願進門。袁美珍咄咄逼人地望著連粵名，不出聲。

但那繈褓裏的嬰孩不知怎的，這時打了個哈欠，眼睛剛剛睜開，卻對著袁美珍的臉，咯咯地笑起來。

袁美珍心神一軟，便不再擋著門，轉身回房去了。

連粵名將嬰孩接過來，抱到懷裏，自己都覺得抱得不舒適。孩子卻不嫌，依然是衝他笑笑的。他一陣心酸，想自己的外孫，剛生下來，便已懂得討好人了。

他亦知道，女兒在給阿嬤奔喪前一個月，才參加了另一個喪禮，是這孩子阿爸的。

連粵名和思睿，都沒有帶孩子的經驗。

好在網上有的是教程，按部就班，亦步亦趨。怎麼沖奶粉，怎麼換尿片。未免有些七手八腳，半天算是有了一個囫圇。孩子竟然也一直沒有哭。喝完了奶，徑自睡去了。思睿將孩子輕輕放在嬰兒床上。思睿的房，這大半年，還留著她走時

的模樣。是那種做慣了好學生的少女的房間。企企理理，除了一架鋼琴，依牆擺的都是書，整潔緊湊，未有一絲逾矩與懈怠。此時房的正中，多了一只粉色的嬰兒床，像是放在現實裏的一個夢。連粵名看這嬰孩，出生不久，便是一頭豐盛烏黑的胎毛，微微捲曲。手長腳長。臉相不算豐腴，大約在母胎中營養都用來發育骨骼。眉目卻很柔軟，因為額的寬闊，天然是有些和泰的樣子。耳垂也厚，不似思睿，也不似自己，是來自另一人的遺傳。他見女兒慢慢伸出手，想在那耳垂上摸一摸，卻旋即縮回了手。

思睿說，阿爸，你也累了，去歇一陣吧。

連粵名轉身，卻還是回頭看一眼，戀戀地。看那嬰孩輕蹙了眉頭，嘴唇動一動，大概在發夢。他心頭一軟，暖暖地化了。思睿又輕輕說，阿爸，得閒為蘇哈起個名字吧。

他點點頭。這是他的外孫，身上有自己的血，也有另一人的。他忽而生起些柔情，想要與她分享，一起為孩子命名。

思睿和思哲，是夫婦倆共同取的名。「思」字，是為紀念他未謀面的岳母。這對兒女，由袁美珍一手一腳帶大。此刻，她匿在房裏不出來。連粵名走到了房門口。

這間房，連粵名通常是不進去的。裏面又傳出了極其柔美的女聲。連粵名知道，是老婆又開了直播。袁美珍在家做帶貨主播，已有一段時間。這聲音出自變聲器。袁美珍的聲音原是很美的。他還記得，曼徹斯特那個微冷的除夕夜。袁美珍接著

他五音不全的聲音，唱那首《獅子山下》，清亮的嗓，好像甄妮的原聲。如今老了，她的聲音變得乾澀而嚴厲，只能運用科技來拯救與改善。除了變聲器，還有補光燈和開到最大的美顏。有一回，連粵名申請了一個帳號，進入了她的直播室。看到了一個面目陌生的女人，穿著和老婆一樣的衣服，在推銷一款脫毛器。那衣服是一件蓬蓬裙，袁美珍從海淘買來，質料粗劣。此時卻煥發著華麗的絲質光澤。一樣煥發光澤的陌生女人，年輕而鮮豔，長著挺秀細巧的鼻樑。連粵名想，真的是魔術啊。袁美珍最不滿意的，就是自己扁塌的鼻子，曾經起意去隆鼻，終究被手術費所勸退。原來女人的願望，如此簡單就可實現。屏幕中的女人，用甜美而造作的聲音，在謝謝老闆。他們為她刷著各種禮物，從火箭、遊艇，到瑪莎拉蒂。連粵名想，這小小的手機屏幕，是仙德瑞拉午夜十二點前的城堡，是個迷你的仙境。她看著屏幕中的袁美珍，笑得如此由衷而滿足。

連粵名曾經問袁美珍，為什麼要做直播。袁美珍不屑地望他一眼，說，靠你那點工資過活，指擬你……揸兜都得啦。

對這言過其實的話，他習以為常。然而看著屏幕中的妻子，他忽然有些明白。他不禁伸出手指，按下右下方的紅心，點了一個讚。然而，一分鐘後，他就被踢出了直播室。

此時，房內安靜了。他看一看牆上的掛鐘，大約是直播結束了。他抬起手，想敲一敲門，但終於還是停下了。忽然，他

聽到劇烈的孩子的哭聲，趕緊跑去了思睿的房間。他看到女兒抱著嬰孩，驚惶失措。孩子正在大口地嘔奶，剛才哭得聲嘶力竭，此時卻已有呼吸不暢的聲音，氣息在一點點弱下去。他也不禁有些慌，對思睿説，使唔使打 999？

思睿機械地搖晃著孩子，眼神是亂的，望著外面正黑下去的天，張一張口説，BB 唔好喊，唔好喊⋯⋯

這時，忽然聽到門「砰」地一聲被打開了。袁美珍氣勢洶洶地走出來，道，使乜 call 白車？！

説罷，走到思睿跟前，一把抱過孩子，將他直起身體。對連粵名説，楞住做乜，快攞塊毛巾過來。她叫連粵名將毛巾放在她左邊肩膀，將孩子的下巴靠在肩頭。然後托起孩子的屁股，將手弓起來彎成勺子的形狀，開始在他背上輕輕拍打。上上下下，一邊畫著圓圈，同時身體輕顫，嘴裏發出「哦哦」的聲音。孩子漸漸安靜了，忽然咳一聲，打了個響亮的嗝，一邊吐出一大口奶。袁美珍沒有停止動作，用手刀一下一下地在孩子背上撫弄，為他順氣。一套動作行雲流水。孩子仰起脖子，又打了個嗝，這才舒服地埋下頭，靠在了袁美珍耳邊。緊緊地，慢慢閉上眼睛，睡著了。

待孩子呼吸停勻了。連粵名對思睿眨一眨眼，輕輕説，睇到未，都是阿嬤叻啲哦。

聽到這裏，袁美珍忽而變色，大聲道，一個野仔，誰要做他阿嬤？！

　　説罷將孩子往思睿懷裏狠狠一塞道，戇鳩到噉，點做人阿媽！

　　孩子大約被這動作弄疼了，終於震天響地哭起來。思睿一時氣結道，我嘅仔死活，都不要他人理。噉你又過來？

　　袁美珍冷笑一聲，説，我不過來？佢死咗，我間房不是變了凶宅？

　　連粵名站在原地，楞楞的，一時沒反應過來究竟發生了什麼事。待他回過神來，聽到「砰」的一聲響。袁美珍已經將那邊的臥室門反鎖上了。

　　孩子還在大哭著。他乾乾地對思睿一笑，説，你都知你阿媽份人，就是這樣……不待他説完，思睿終於也哭了起來，説，阿爸，你唔好再講了。

　　思睿將他推了出去，也將門關上了。

　　連粵名一個人，站在客廳裏頭，黑著燈。他在黑暗中站了許久，這才慢慢挪動了步子，走到陽台上去。外頭黑漆漆的天，有一兩點星，閃一閃，便躲到夜霾裏去了。他彎下身，在角櫃裏摸索了一下，摸出了一包「紅萬」。這包煙是幾年前他在角櫃裏發現的。大概是上一任舍監無意的遺留，只剩下了半包。他沒有扔掉，就一直這麼留著。這時候從裏頭抽出一根，就著廚房的火頭，竟然點著了。他狠狠地抽了一口。他本是不抽煙的，煙吸到了肺裏，來不及吐出來，辛辣地一漾。於是劇

烈地咳嗽起來。待咳嗽平息了，他不甘心，又抽了一口，緩緩地，讓那溫暖在胸腔裏停留了一下，這才慢慢地呼出來。這時竟有月亮出來了，月光底下，他面前就出現了一團淺淺的藍霧。在這繚繞的霧中，他閉上了眼睛。依稀還能聽見孩子斷續的哭聲，可還有別的聲音。他辨認了一下，是鋼琴聲，拉赫曼尼諾夫，第二鋼琴協奏曲。在這家裏，他許久未聽到過。此時也是斷裂的，將靜夜裁切得七零八落。

他在沙發上和衣睡了一夜。第二天清晨，收到了二妹連粵南的短信，讓他去收拾阿嬤老屋裏的東西。

他走到春秧街上，整條街市剛剛醒來。店舖開了門，照例僭越將攤位擺到車道上，生果檔、魚檔，都是新鮮而清凜的味道。趕早市的人也在車道上。電車叮叮噹噹的開過來，人流便自然分開兩邊，任由電車開過去，然後又重新彙集起來。並不見一絲慌亂，進退有據，有條不紊。

振南製麵廠的機器又轟隆作響起來。有些金屬的摩擦聲音，如同年邁人胸腔的共鳴。往前走幾步，就消失在市聲中了。連粵名這才覺出了餓來，便在南貨店隔籬買了一顆芋粿，一路吃著，一路往樓上走。

打開門，是一股子塵土味。這屋子空了不過一個多月，竟像是塵封了幾年。但有一股子腥潮氣，證實不久前還有人住

過。陽台上，晾曬著女人遺留的衣物。菲傭姐姐來不及收拾清楚，慌張結算了工錢便走了。臨走多要了一個月人工，説和個死人老太太睡了整晚上，這筆錢主家要給她沖沖喜。

阿嬤走了，留下了一種氣味，那是長年的福鼎白茶澆灌出的。阿嬤説，自己脾氣躁，要用白茶平息心火。白茶清冽，所以直到米壽，阿嬤身上也從未有過那種不新鮮的、帶著頹敗氣息的老人味。他一邊收拾，一邊想。老輩人都惜物愛囤東西，瓶瓶罐罐、膠袋紙皮，盡是多而無當。阿嬤也囤，沓得密密實實。但細看看，竟沒有一樣是可有可無的。阿嬤房中的大櫃，除了衣物，便是六個櫃桶。打開來，每只裏頭都清清楚楚，分門別類。打開一個，便是一滿格的記憶。一格裏頭放著各種票證和存摺，還有房契。一格中擺有只藍罐曲奇鐵盒，裏頭用橡皮筋疊成一沓。連粵名一張一張看。有三叔公七六年抵壘，辦的臨時身份證。有任劍輝和白雪仙，在新光戲院告別演出的戲票。有九〇年從羅湖坐長途汽車去莆仙的車票，那是連粵名最後一次陪阿嬤返鄉。還有一張，打開來是火化證，上頭的英文名字是拼音：Lin Tong Bo。連同保。他輕輕唸出來，依稀記得這個人的名字。火化證裏還夾著一張照片。這照片他沒有見過。照片上是一對年輕男女。男的是個文氣的樣子，五官淨朗，笑得不太舒展。他看出了自己眉目的出處；女的一條獨辮子，長及胸前。眼很亮，錚錚的笑模樣。這張照片泛黃有年頭，中間對折過，又展平了。可男女之間還是有一道密密的痕。

「如可贖兮，人百其身。」大櫃深處，還有一只包袱。紮得很緊，他費了一些力氣才解開。裏頭有一只縬褓，雖然顏色黯淡，但可以辨得出是自己的。上頭繡著石榴與水仙，阿嬤親自繡的。還有一只虎頭帽，眼睛是塑膠的琥珀鈕扣，也還是炯炯的。壓在最底下的，是一雙拖鞋。寶藍緞的底，鴛鴦戲水。鞋頭上已經磨破了，用同色的線補過。大約又被頂開了，還是半個窿。連粵名將這雙鞋捧在胸前，心裏忽一陣銳痛。

待他收拾好了，背上包就下樓去。到了樓下，才發現外頭已經下起了密密的雨。雨越下越大，伴著淺淺的雷聲。香港的冬天，很少有這樣的雨。他怔怔地看了一會兒，才想起來上樓避一避，卻將鑰匙忘在了屋裏。他正在門口躊躇，忽然看身後有人輕輕喚，連教授。

他回過頭，看到一個女人。女人也沒有帶傘，正揮著身上的雨滴，手裏拎著一只籃子，看樣子剛剛買餸回來。連粵名認出來是個街坊，便笑笑說，看我大頭蝦，將鎖匙忘在了門裏頭。

他往外看去，雨更大了，形成一道簾幕，外頭竟然什麼也看不清了。女人也看著外面的雨，說，連教授，要不要上我那裏避一避雨。

連粵名轉過頭，想起這個女人叫月華。是個外鄉人，卻也在這樓裏住了十幾年了。

她大約是樓上大隻榮的續弦。大隻榮做鱟夫好多年，待略上了年紀，攢了些錢，就北上做生意。生意並不見得做得有多

好，還賠了錢，卻從四川帶回了這個女人。帶回來後，他也並沒有在家裏待著，考了個兩地車牌，給人跑運輸。有回在深圳灣遇到了車禍，沒來得及送醫，當場就死了。旁人都以為，月華要賣了房子回鄉下去。她倒沒有，守在這，十幾年也沒跟別人。白天給人當保潔，晚上給人看更。賺的錢，貼補給老人院裏大隻榮的老竇。只是近年，有一種傳說，說她晚上不看更了，做起另一種生意。有一回，住在明園西街的老姊妹，就是連粵名當初的房東，來探阿嬤，說起這樁事，臉上鄙夷而曖昧地笑。沒等她說完，阿嬤一拍檯面，說，「收聲喇，你道是一個女人過得容易？要是你死男人，揸兜都冇人理！」按說，多年的姊妹，何至於此。對方臉上紅一下白一下，拂袖而去。阿嬤也便橫了一眼在場眾人，厲色道，唔好喺出邊亂噏！聽到未？

女人見他不說話，定定望著門裏頭，便細聲說，阿嬤人善，一路好走。

說罷便轉過身去，走了幾步，聽見連粵名卻跟上了她。開了門，走進去。屋裏頭簡素清寒，並無許多過日子的氣象。月華走到廚房裏，將餸菜擱下。出來，叫連粵名坐，卻看到他的目光遠遠地掃過。那裏有些瑩瑩的小燈泡正閃著光，粉紅的、金燦燦的。她於是走過去，將臥室的門輕輕掩上了。她給連粵名倒上茶，自己拿過了一只很大的柚子，用竹刀斜斜砍一下，然後將皮慢慢地剝下來。兩個人望著外頭的雨，沒有要停的意思。從窗口望出去，整個北角都模模糊糊的，陌生得很。連粵

名喝一口茶，味道很熟悉，説，福鼎白。月華點點頭，還是阿
嬤畀我的，從去年中秋喝到現在。這些年，我吃的用的，多虧
了阿嬤照應。連教授，你知道嗎？我們自貢也產茶，叫「川
紅」。我們家種，最好的叫「早白尖」。我總想著，要回一趟家，
給阿嬤帶些來。可是，到現在也沒回得成。阿嬤卻走了。

　　月華説到這裏，眼睛一紅，低低頭，沉默住。許久後，將
手上剝好的柚子遞給連粵名，手背在眼角上靠一靠。連粵名也
不知説什麼，過一陣，問她，你公公可好？

　　月華説，還好，就是身邊離不開人。別人都不認識了，只
認識我。大事小事，都叫「新抱」。老人院的姑娘，天天打電話
叫我過去，説他不見我不肯吃飯。胃口倒很好，一個人能吃掉
一大碗叉燒飯。

　　連粵名説，那很好。老不老，都是看胃口。吃不下飯，人
才真老了。我阿嬤……

　　他終於沒説下去。月華看出他的黯然，説，阿嬤是好福氣
的。教出了一個教授，教授又教出了一個醫師。街坊多少人羨
慕。平日裏，阿嬤跟我們談起你，中氣都足了不少。

　　連粵名笑笑，説，可當著我的面，只是罵。

　　月華説，慈母多敗兒。阿嬤是明事理的人。

　　這時候雨漸漸小了，連粵名説，我該走了。忙站起來，卻碰
翻了桌子上的茶，全倒在了身上。連粵名説，我借一下洗手間。

　　走進去，按一下燈，卻不亮。

月華遞過一塊毛巾，說，唔好意思。壞了好久了，call 了很多回師傅。師傅嫌活小，都不肯上門。

連粵名看一眼說，我來試試。

他就搬來一只板凳，一隻腳踏在凳上。不夠高，他便踩到了浴缸沿子上。將燈擰下來，查看一下，叫月華將電閘關上，說，小問題。過了一會，他說，好了。就從凳子上下來。這時碰到什麼，是輕柔的織物，在他臉上擦過。有一種柔潤的氣息，讓他腳下軟了一下。

月華拉開了電閘，洗手間裏透亮的。他看到，原來浴缸的拉杆上，晾了一只胸罩。在燈光底下，是溫暖的米白色。

他見到眼前的女人，臉龐也是溫暖的米白色。也是一樣的氣息，瞬間在他的鼻腔裏放大了數倍。他跟蹌了一下，女人扶住了他。忽而有一種力量，在他體內奔湧了一下，摧枯拉朽般。他一把抱住了面前的女人。

事畢，他仍有些暈眩，看著頭頂忽暗忽明、五顏六色的燈仔，疑心是在某個不知來處的聖誕夜，如此虛幻與美好。他閉上眼睛，忽而睜開了。他下床，從包裹拿出那雙陳舊的麗宮拖鞋，給女人穿上。女人遲疑了一下，還是穿上了。淨白的身體，唯有腳上，閃著一兩點的珠光，若隱若現。他體會到自己的壯大，在壯大間衝撞著這女人，惡狠狠地，攻城掠地。

待他終於徹底地疲憊了，嗅覺卻冷靜下來。他覺得這室內

的氣息，無端地有些卑瑣。半晌，他問女人，你聞過素馨花的味嗎？女人轉過頭，看他，不知該說什麼。他一個人走到洗手間，看到鏡子裏的自己，有些驚訝。他許久沒有這樣好好看過自己。鏡子裏是個半老的禿頂男人，兩鬢斑白，雙眼無神，有優柔而頹敗的表情和體型。剛才，就這樣，在一具陌生的也近衰頹的女體上盤桓。甚至，他注意到下體也有了幾根白色的毛髮。他忽而感到一陣羞愧。

他穿戴整齊，準備離開。想一想，從錢包裏掏出了兩張千元鈔，遞給女人。

連粵名說，對不起。

月華說，對不起？本來就是關起門來做生意。不偷又不搶，誰對不起誰。

她將他的手輕輕擋開，說，這些年，阿嬷給我的恩惠，不止這麼多。

這時外面的雨，忽而又大起來，伴隨狂風呼呼作響，竟把一扇窗戶吹開了。月華走過去，將窗子關上。冷冷看了一會兒，回頭說，不是我要留你，是天要留。

連粵名便也坐下來，倏然，喃喃說，下雨天留客天留我不留。

月華說，連教授，我讀書少，但懂你說的。教我們小學語文的先生，是個大學生，沒回城的知青。可巧他給我們講過這個故事。同樣一句話，看怎麼說，誰來說，意思就大不同了。

　既然天留客，也是個緣分，一起吃個午飯吧。

　　連粵名楞楞地坐著，聽到月華在廚房開了火頭。不一會兒出來了，端出來一個白灼生菜，淋上蠔油，和一個紫菜蛋湯。又從微波爐裏端出了一份燒味飯，外賣燒鵝。飯菜是一個人的量。她取了一只空碗，放在連粵名跟前，撥了大半進去。肉也是整齊的肉，留些邊角和骨給自己。她便低頭吃起來。連粵名不聲不響，終於也吃起來。鵝肉有點老，有些甜膩，但味厚而豐腴，令人滿足。連粵名在家，許久未吃過這樣的飯。他似乎打破了某種禁忌，大口地吃起來。胃裏充盈起來，濕濕的暖。

　　他回到家，原本準備了一些說辭。但袁美珍並不理睬他，只望他一眼，給股票經紀打電話，又給發貨商追款，聲音山響。
　　他輕輕推開思睿的房門，看母子兩個都在睡覺。孩子將手指塞在口中，忽而震顫了一下，大概是做了個夢。
　　晚上，一家人坐在一桌，都不說話。倒是思睿先開了口。她說，爸，我想好了。這孩子，以後就叫林木。

　　下一個周末，連粵名又說去老屋。袁美珍問，還沒收拾完？他說，阿孃幾十年的東西，一時半會怎能收拾完。

　　他敲開月華的門。月華看一眼，讓他進來，說，教授，你

落下了一對鞋。

她回裏屋，捧出那雙鞋。連粵名看到鞋頭的窿，已經補上了。襯了一塊同色的緞，針腳密匝匝。

連粵名看月華腳上，有瑩瑩的珠光隱現，也是一雙緞面拖鞋。

他將手裏的東西，放到桌上，說，上次你請我吃了飯，我要還給你一餐。

這狹窄的廚房，因氣窗上的排風扇也壞了，前所未有的煙氣濃重。

月華看連粵名，俐落地將食材拿出來，分門別類擺在碗裏。就對他說，看不出連教授，上得課堂，也入得廚房。

連粵名笑笑，我自小跟阿嬤長大，日日看，什麼都是看會的。

月華說，那我幫你打打下手。

連粵名推辭。她頓一下，便說，其實做年節，我也幫過阿嬤。看這些食材，大概也知道你要做什麼。這道爛豆腐。胡蘿蔔、火腿、節瓜都要切丁，我總是會的。

連粵名便由她去了。廚房逼仄，兩個人就靠得格外近。都不說話，近得能聽見彼此的呼吸。月華埋著頭洗菜，這時極其微弱的陽光，照進了廚房裏。有一道，正落在她的臉上。兩個人都不說話，只能聽見水聲和切菜的聲音。久了，竟然聽出了

一種抑揚頓挫。兩個人手勢間的默契，倒好像已是相處多年的感覺。順著那道光，連粵名望見了她眼角淺淺的皺紋。不知怎的，心裏漾起了一陣暖。於他而言，這暖意也是久違的了。

待菜擺上了桌，已經是一個多鐘後了。因為有道扁食湯。扁肉皮要用刀背將豬肉捶打去筋，再混上番薯粉揉勻，極其考功夫。這一碗盛上來，連粵名讓月華嘗一嘗。月華吃一粒，脫口而出，味道和阿嬤做得一模一樣。

連粵名說，我今天做的，都是阿嬤的真傳。

月華嘆一口氣，說，燜豆腐、荔枝肉、海蠣餅，我本以為，阿嬤走後再也吃不上了。

連粵名說，你要喜歡吃，我可以教給你做。

月華說，我別的還好，就是煮餞的手勢不大行。說起來，我倒是最念阿嬤做的膶餅。我看著不大難，教授有空教教我。

連粵名心頭無端地痛一下。他想起了二十多年前，他東拼西湊，因陋就簡做了一餐膶餅。有個女人，定定看著他說，別的我不管。這膶餅一世你只做給我吃。

許久，他回過神，對月華說，叫我阿名吧。

七

　　這一年的春天，副校長的任命終於塵埃落定。國際導演也完成了在南華大學的拍攝。據説這部新的影片，將要成為坎城電影節的開幕片，並參與主競賽單元。

　　大學於是前所未有地安靜了下來。雖是春天，吹面不寒，校園裏倒有了一種入秋的蕭瑟。

　　連粵名收到一張婚禮請柬，來自周博士。新郎是個不認識的外國名字。

　　連粵名想了想，決定還是去。

　　婚禮在聖約瑟教堂舉行，只有一個冷餐會。並沒有鋪張擺酒，這倒是符合周令儀新派的作風。他原以為，參加婚禮的還有大學的其他同事。然而舉目四顧，並沒有一個熟悉的人，並且以西人居多。他不禁有些拘束。

　　新郎新娘來向他敬酒，他立即站起來，説著百年好合之類的客氣話。周令儀哈哈大笑起來。新郎顯然沒有聽懂，但也是湊趣地笑，笑得十分憨厚。這是個很俊俏的年輕人，但瞧上去臉相很嫩，是沒經過什麼歷練的樣子。能看得出，很愛周令儀。當著連粵名的面，也並不掩飾他的愛。他含情脈脈地望著

自己的妻子，並且深深地親吻。周令儀抱歉地微笑，對連粵名
說，意大利人。

然而，後來的儀式上，新郎發表演說，才知道他們是在藝
穗會認識的，在一個朋友的 farewell party。那不過是兩個月之
前的事情。

席間，周令儀單獨走過來，看到連粵名又在張望。她敬他
一杯酒，輕輕說，連教授，他不會來的，我們分手了。

她說得輕描淡寫，如在陳述一個人所共知的事實。倒是連
粵名不安起來，好像自己是個洩露秘密的人。周令儀望著他，
眼神坦蕩蕩的。她說，我就要去歐洲定居了。方便的話，幫我
跟 Leo 說一聲。我用了一個月的時間，才教會我先生那段他教
我的貫口。

說這些時，她始終在微笑。她望一望遠處的太平山，說，
香港多好啊。說起來，我還真有點捨不得呢。

這年前後，經歷了一些動盪。雖未算塵埃落定，但先前的
混沌，漸漸顯山露水。

院長和連粵名談話，關於高分子研究所的周年慶典，卻問
及下一任的系主任人選。他知道自己早已過了少壯年紀，別無
所想，只是重複往年一些和事佬的說辭。但是，院長話裏話
外，卻是提醒他老驥伏櫪的意思。他笑一笑，說，我最近一個
舍監，都當得左支右絀，何談管一個系。學生來來往往，自然

都傳開了，我未嫁女兒，卻做了外公。屋企正是一地雞毛。

院長自然是聽到了風聞，但從連粵名自己嘴裏說出來，心裏還是一驚。他想這麼個老實人，不聲不響。如今不吐不快，卻叫人骨鯁在喉。

連粵名從院長辦公室走出，周身鬆泰，步履輕盈。路過教學樓外頭的車道正在裝修，幾個印度裔工人突突地打著電鑽，聲音震耳。忽然停下來，他才聽到一個工人正唱著支小調。大約來自家鄉，音節簡單，唱得如癡如醉。雖然一句都聽不懂，這旋律卻在連粵名耳畔縈繞不去。如同一句咒語，迴環往復，他也不禁輕聲吟唱。

在日復一日的日常裏，思睿的孩子也長大了。連粵名未嘗初為外祖父的喜悅，只覺自己無端地又老了一些。欣慰的是，家中隱隱地有一種和解的氣氛。袁美珍開設了一個新的公號，認證是「育兒專家」。訂閱者寥寥無幾。她將錄製的短片鏈接發給了連粵名，不著一辭。連粵名打開，看到了袁美珍抱著一個塑膠的嬰兒，極其耐心地示範與講解。短片中的妻子，不再有美顏。面色青黃，眼袋下垂，是這個年紀的女子，通常的老態與臃腫。但卻有一種砥實與可靠，是他曾經熟悉的。那眼中的嚴厲，也柔軟下來，甚而有一種母性。目光落在那嬰兒公仔上，便是一層暖。

他終於醒悟，於是將鏈接發給了思睿。WhatsApp 並未回覆，但顯示已讀。

這樣許多次後，晚飯時，他看到思睿懷抱孩子的姿勢，有了些微的改變。他抬起頭，袁美珍的目光，也正落在女兒身上。緊皺的眉頭，略略舒展。

在某一個下午，他回到家，打開門，便聽到孫兒的哭聲。他看到思睿從浴室中出來，正慌亂地擦著濕漉漉的頭髮。他們同時疾步走到臥室裏，卻看到阿木已停住哭聲，以柔軟的姿勢，窩在袁美珍的肩頭。袁美珍輕輕拍著孩子的背，面容鬆弛，嘴角有一絲笑意。待看到父女兩個，便恢復了一種不耐的神情。看一眼思睿說道，論論盡盡，點做人阿媽！

然而，她說罷，並未將孩子塞到思睿懷裏。倒是一邊哄著阿木，一邊向廳裏走去。姿態熟稔而自然，像個平凡而怡然的祖母。最終停在了露台前，指著露台外的鴿子，輕輕唱道，細路乖，睇鴿仔；上下飛，唔返來。

連粵名心頭緩緩震動了一下，他回憶起，上次聽到袁美珍唱這首童謠，已經是二十餘年前了。年輕的母親，燦然而略羞澀地對著自己第一個孩子。

過往的大半年，連粵名待在自己一手成立的高分子研究所。整合設備，建立團隊，申請 GRF 項目。雖然疲累，但卻有一種淋漓與暢快，也是久違的了。他看著身邊的年輕人，聞著儀器的金屬味與隱隱的荷爾蒙混合的氣息。依稀回到當年，雖無鐵馬冰河入夢來，但總也有些宏願與抱負。這些抱負始終未

曾有人分享，便逐漸蒙塵，連他自己看著都面目模糊。現在退休之前，院裏允他遠離政治，埋首這一處學術異托邦，竟讓他有青春重回之感，只覺非殫精竭慮，無以為報。

某個黃昏，他穿過太古 Pacific Place，看到中庭貼有一張巨幅海報，正是那個國際導演的新片預告。男主角是個華人影帝，女主名不見經傳。

諜戰與浪漫，都非他興趣。然而，他楞一楞，不知為何，鬼使神差，竟然買了一張票，走進去。在進入放映廳之前，他被要求查驗。工作人員抱歉一笑，說是防止有人將攝影機放在包裹偷攝。「畢竟是近三個小時的足本三級片」工作人員放他進去，卻加上這一句。這句話並安慰不到他，反而讓他有些心虛。

影片雖長，無冷場，見大師功力。其中必有內容，情事令人面紅，諜戰令人心跳。但是因為等待，似乎於他並未有強烈的觸動。終於出現，是陸佑堂。簡陋的舞台，桃花三兩枝。他想起那個陽光尚好的下午。台上的人，生死離別，上演革命加愛情的戲碼。女主角生澀而美麗的六角形臉龐，在想像中，不斷疊合另一張臉。

在漠漠的黑暗中，他大著膽子，端詳著銀幕上的臉。無助而篤定，天真而勇敢。另一張臉，神情別無二致。但沒有憧憬，眼裏有光，瞬息湮滅。

他看一對男女真刀真槍，貼身肉搏，無端起了反應。黑暗也掩藏了潮汐的慾望。事畢，他看女主角點起一支煙，著睡衣

站在窗前。睡衣上開著大朵的金色鳶尾，緩緩滑下，脊背青白，長而優美的頸。

　　他回到家，已是夜半。他悄悄開門。思睿房間黑了，照例是睡了。近來他早出晚歸，已是常態。無人關心，也無人以之為怪。

　　臥室裏倒有一盞燈。他推開，見袁美珍躺在床上，好像也睡著了。手邊擺著一張強積金的宣傳單張。這燈便不知是忘了關，還是為他留的。

　　袁美珍睡著了，人便鬆弛下來。光的柔和，撫平了臉上的褶皺。還有嘴角的法令紋。這法令紋裏，集聚的平日裏的一點狠，也隱沒了。許久未見這女人的臉上，呈現出了一種憨態。這憨態是對世界不設防的，在香港女人臉上尤其稀見。他心中莫名產生一股柔情，他悄悄地上了床，從背後擁住妻子。這背讓他有些許陌生，堅硬而厚實。他猶豫了一下。但是，同時間若有若無的香氣，從女人的頭髮間散出，並漸濃郁。是素馨花的氣味。這氣息，是女人與自己信守的諾言。如二十多年前，還是讓他心馳神往，進而迷離。那已經退潮枯敗的慾望，出其不意地泛綠。他將下巴貼到妻子的頸項間，讓那氣味離自己近一點。熱烘烘的，豐熟的，讓他有一絲癢。呼吸也重濁。袁美珍並未避開，反而感到一點隱隱的貼近。這對彼此也是久違的。不知為何，剎那間，他心裏出現「相濡以沫」這個詞。他

不再動作了，只想維持這一個靜止。

不知過了多久，他幾乎昏沉睡去，忽然聽到了急促的聲音，是一陣雜沓有序的腳步聲。這段西班牙踢踏舞者的舞步，被袁美珍用作手機鈴聲已經多年。

他看見袁美珍「騰」地坐起身來，神經質地將他推開。

她接通電話，旋即便也放下。她看著他，眼裏有光。

「那個女人終於死了。」她說。同時緊張地搓著手。連粵名看她身體微微顫抖，雙頰潮紅。

在袁美珍後母的葬禮上，連粵名再次見到了她的家人。上一回還是二十多年前，出現在婚禮上的，只有她同父異母的大弟，袁尊生。

尊生的樣子似乎並無變化，那時已是個持重成熟的青年，代表家庭出席長姊的婚禮，於他如同與年齡並不相稱的使命。然而，他做得很好。禮貌周到，舉止言行均無可指摘。還有一種令人舒服的雍容大氣。就連最挑剔的阿嬤，在婚禮結束後，都放下了成見，說袁家大弟「好得、好生性」。他的得體，令眾人似乎都忘卻婚禮上缺了一方高堂的事實。特別是他代表女方致詞，為連家塑造了一個他們所不熟悉的袁美珍。這個袁美珍，是個獨立而低調的都市麗人，不襲家世，溯流而行。他甚至表達了對他已去世的大娘的敬重，完成了他所塑造的完美長姊其來有自的邏輯。聽完了這段致詞，眾人將目光投向了連粵

名，彷彿他是那個入深山得珍寶而不知的樵夫。

　　在這個過程中，袁美珍只是淺淺微笑，並未對大弟表現出任何言語和神情上的呼應。但連粵名當時想，這或許會是一個節點，代表著她與家庭的和解。

　　然而，第二天清晨，袁美珍在敬公婆茶之前，對連粵名說，她沒有娘家回門的環節。她放棄了對父親的繼承權，袁家便陪她將這場戲做圓。

　　事實上，袁美珍的確沒再回過家。她最後一次與大弟見面，是在西半山附近的一處私人會所。那是一九九九年，袁美珍與他借款，為籌滿「何翠苑」的首期。

　　在喪禮上，連粵名第一次與袁美珍的整個家庭會面。確切地來說，是一個家族。他並未預料，袁美珍擁有一個龐大的家族，並有如此廣泛的交遊。在過去的這些年，袁美珍除了間或提到尊生這個名字，甚至對其他的弟妹未有隻字。而顯然，除此之外，她還有至少兩位叔父和一個姑姑。這時以一種矜持的神情和她說話，絲毫不理會她身旁的連粵名。對連粵名而言，這是一個完全陌生的環境，這個環境反而讓他自在，無須敷衍。他獲得一種特權，可以理直氣壯地做一個旁觀者，環顧周遭。

　　然而，這個情形未幾便被打破了。他看到一個花白頭髮的男士向他走來。他一眼認出是袁尊生。他似乎沒有變，除了頭

髮白了些，臉上還如青年時般光潔紅潤。舉手投足，是優渥生活造就的良好修養。連粵名無法對尊生陌生。因為後者城中名人的身份，每周六十點檔——「港人説法」的常駐嘉賓。

　　他看到這張名人的面龐，穿過陌生的眾人的臉，向他漂浮而來。尊生親切地喚他，姐夫。然後，就近將他介紹給近旁的來賓。他説，姐夫是南華大學的教授，研究高分子物理。然後以徵詢的目光，看一眼連粵名，説，姐夫，我沒有説錯吧。這都是你們科學家的事情，平常人哪説得清。

　　連粵名楞了一楞，恍惚於長久缺席於自己生活的妻弟，昨天是否剛剛見過。他也感到了身上有一些灼人的眼光。意識到，這意味著頭髮半凸、黑西裝上還有褶皺的麻甩佬，忽然被人刮目相看。尊生將他引見給其他人，一如既往得體周到。他不禁也打量。時光荏苒，和這個男人的會面，漫長的空白，竟然是在一個婚禮和一個葬禮之間。那時尊生不過是一個法律系實習生，如今已是國際知名律所 KMC 的合夥人。即使作為袁家的長子，並未繼承家業，但絲毫沒影響他的地位。比起二弟正疲於應付商界往來，此時他倒有了一種游刃左右的超然。因為他，這個葬禮未顯得過分沉重，更像是帶有暖意的追思。

　　面對賓客致詞，尊生提到了自己的父親，説到他與母親的相識。連粵名禁不住看一眼袁美珍。她的神色倒是很平靜，一如當年在她自己的婚禮。聽的過程中，連粵名有些走神，因為在這致詞中，他感覺到了某種套路和圓滑。這或許是律師的職

業品性所致，他想。尊生在致詞中塑造了他父母的婚姻，一如多年前塑造自己同父異母的姐姐。他忽略了這椿婚姻門當戶對的功利實質，而凸顯了父親的一往情深。台下的賓客唏噓。連粵名想，這是多麼完美的因勢利導的案件重現。

因為走神，連粵名將目光落在尊生身後的遺像。活在袁美珍口中的女人，今天的主角。這是張無法激起他人仇恨的臉，與尊生面目類似，但更為平和，平和至平淡，甚而眼神有些恍惚。連粵名不知道，這是因在袁老先生身後，經受了長年的抑鬱症折磨所致。這一點，袁美珍一直未告訴他。她需要她生命中的敵手，始終是個強者。

在致詞的尾聲。連粵名看著妻子緩緩站了起來，然後轉身，在眾目睽睽中離開。尊生似乎停頓了一下。或許並未停頓，僅是連粵名的錯覺。致詞便走向了華彩一般的收束。

回到家裏，袁美珍立即將自己關在了房間裏。隔著門，連粵名聽到了一陣號啕，繼而安靜。

思睿抱著阿木走出來，父女兩個站在門口，對望了一眼。連粵名對思睿揮一揮手，讓她回房去。在長久的寂然之後，傳來極其細隱的啜泣聲。

第二天清晨，袁美珍才從房裏走出，竟還穿著參加喪儀的黑色套裝。連粵名想，儘管袁美珍是個孤寒的人，卻為了後母

的喪禮訂製了套裝。這套裝質地精良，剪裁可體，揚長避短。
連粵名看妻子穿上套裝的那一刻，雙眼生輝，如同臨陣的武士
身著鎧甲。

然而此時，穿在同一套衣服裏的袁美珍，似乎整個人都坍
塌了下去。套裝皺巴巴地發著晦暗的黑。臉上的妝，被淚水沖
洗得七零八落，沖出兩道乾枯灰黃的溝壑。她站在門廊處，發
現了丈夫和女兒的目光，於是竭力將身形撐持，但似乎自己也
感到徒勞，就放棄了。她用手背胡亂在臉上擦一把，掩飾已乾
涸的淚痕。在桌前坐下，她從連粵名手中搶過一塊還未塗好果
醬的麵包，狠狠地咬了一口，咀嚼幾下，然後用含混不清的聲
音說，佢點解要死？

連粵名看著她。她將麵包擲在桌上，大聲道，那個女人，
佢點解要死？

說完這些，她好像洩了氣，再一次地失聲痛哭起來。

這次回到房間，她沒有將門關上。晨光初至，廳裏的光
線，漸漸亮了起來。一束光沿著露台，投到了餐桌上，桌上有
遠方在風中擺動的稀疏樹影。這光線朗淨，似乎劃破了令人壓
抑的安靜。讓父女倆都鬆了一口氣。

這時，思睿輕聲說，爸，孩子大咗，我想回去上班了。家
裏請個保姆帶阿木吧，錢我自己出。

還未等連粵名應她，房間裏傳出一把嘶啞女聲：使乜嗰錢
請菲傭，我來帶！

八

　　研究所出事，是在兩個月後。

　　旁人都說，早前就有徵兆。這高分子研究所的風水不好，前身是嘉風樓的一處貨倉。日據時被徵用，囚禁過東江縱隊的幾個隊員，在附近行刑，胡亂埋掉了。因為北向，四圍寸草不生，是極陰之地。連粵名是不信這個邪的。但先前做過化學系的實驗室，莫名發生了爆炸案，有史有據。雖說已是一九六〇年代的事情，至今未調查清緣由，炸死了一個英籍的管理員，是確實的。所以研究所掛牌那一天，聽幾個老同事的建議，還是點紅燭、上高香，擺了切乳豬的儀式。

　　後來談起，連粵名自己都好笑，說，上香拜祖師爺，倒該有個名目，是拜保羅・弗洛里，還是愛因斯坦？

　　可就算這麼著，還是出了事。

　　連粵名接到醫院的電話，聽完，愣愣地一閉眼睛。

　　許栩是他帶的第一個博士生。研究所成立時，已在多倫多

大學拿到 Tenure[1]，手中握有三項專利，前途大好。但聽說導師需要人手，便毅然請辭，回來母校效力。連粵名看他，畢業多年，還是那個白馬輕裘的少年，毫無學院積習帶來的圓滑和暮氣，不禁欣慰。許栩加入研究所後，未負眾望，短短一年間已申請到兩個重點科研項目，發表了數篇 SCI 論文。長此以往，連粵名是有心讓他接下研究所的重任。上回見院長，問及下一任系主任人選，連粵名當時未表態。但事後卻專函推薦了許栩。按理說，這有違他低調的作風，但想一想，舉賢不避親。院長再見到他，便說，論學術，你這個學生是真好。但人事上，不怎麼成熟啊。連粵名笑笑說，路遙知馬力，多歷練就好了。去年和威斯康辛的研討會，他操辦的。辦得如何，您有數。不像我，就不是管人的材料。

連粵名自然知道院長說的，是許栩張揚的個性，毫無乃師之風。因為恃才傲物，得罪了一些前輩。甚至博士論文答辯時，還被為難過。這些年在學術圈摸爬滾打，褪去了不少脾氣，為人圓融了些。但一涉及學問，還是寸土不讓的性格。

作為導師，連粵名明裏暗裏，也為他護航，當初是不想看到初出茅廬的才俊，便被洶湧的暗潮淹沒。久了，一邊其實心裏有些羨慕，是為這孩子的不變。他總想，只要許栩硬錚錚地

1　指「終身教授」，是在美國和加拿大等地的大學裏對教授職位的一種保障系統，使得大學教授通過考核期被正式授予終身教授後，沒有正當法律上的原因，其職位不會被終止。

硬下去，終有一日，能做那掌舵的人，立於暗潮之上，便無人可奈何了。

但他未免樂觀。在周年慶典的前夕，院裏的學術委員會收到一封實名舉報信。舉報人是美國一間社區大學的學者。舉報的對象是許栩，直指他去年底發表的一篇 *Tier 1 Journal* 涉嫌抄襲，列出了十多處比對性細節，為證確鑿。對方發表的刊物名不見經傳，但發表時間比許栩的這篇早了三個月。因這篇論文是研究所去年立項後的重大科研成果之一。茲事體大，學術委員會便成立了調查組，專司此事。

一切發展得太快，連粵名來不及反應。一周之後便要召開聽證會。早晨他收到了許栩的郵件，説已經準備好發給文學院的 appeal letter。這十多處引證，有一半以上是來自他在夏威夷年會上發表的論文，他倒要問問這舉報人的實驗數據從何而來。

不等連粵名動作，院長已找到他，讓他説服許栩，壓下這封 appeal letter。連粵名道，別的好説，但自證學術清白，有什麼商量的餘地？院長説，這些都交給委員會。此時自己申訴，無異於飛蛾撲火。

見連粵名茫然，院長猶豫一下，嘆口氣，你以為這個舉報人是什麼來頭。他是莫里斯以往在密歇根時的學生。

連粵名一怔，腦海中映出一張牛肉色的臉。莫里斯教授是系裏的老同事，退休已有四年。據説未拿到榮休資格，和數年

前那起風起雲湧的學院政治相關。當時物理系的系主任，即是如今的院長。也就是說，此次來者不善，恐怕沒那麼簡單。

院長說，他是衝著我來的。樹欲靜而風不止，何必殃及池魚。按住許栩，要保證研究所的周年慶典如期進行。

院長想的是近在眼前的研究所的聲譽，許栩想的是學術清譽，似乎都沒有錯。這時候，連粵名接到老李的電話。老李說，退休生活淡出了鳥來，約他出來喝一杯。

兩個人在中環一間居酒屋見了面。老李似乎老了不少，大約是神情裏少了許多的意氣。但他一見面就嘲笑連粵名的外公相。連粵名看著他拿著酒杯的右手微微抖動，嘴角也有些歪斜。老李年初時小中風了一場，落下了後遺症。連粵名不確定，這是否與周令儀相關。但如今的老李，確不是那個洋氣的、渾身散發著古龍水氣味的 Leo 了。他身上是件講究的黑緞唐裝，白色袖口上繡了 L.& L.，是他與他太太姓氏的縮寫。

連粵名說起近事。老李眯眯眼睛，說，本來我是寫一幅字給你共勉，「兩隻麻甩佬，一對老學究」。如今看，不對。麻甩佬是我，老學究是你。這幾年，我還是比你看透多了。我們系裏兩隻烏眼雞，以往在樂團爭首席，後來在大學裏爭講座教授。爭到一半，死了一個。另一個高處不勝寒，去年也死了。我送他們兩個字：「摯敵」。

連粵名說，我倒是無所謂。可是老輩的恩怨，應在年輕人

身上，還是欠公平。

老李搖搖頭，說，兒孫自有兒孫福。不聾不啞，不做翁姑。

連粵名嘆口氣。老李說，不如我給你講段古。

連粵名說，我正愁，你仲同我講古？

老李說，聽聽無妨。當年我老婆肯嫁給我。上門見家長，沒說一句，我岳丈先用這一段來考我。是個單口相聲，《解學士》。裏頭說個明朝才子，叫解縉。出身寒門，細個時讀書好叻。解縉家對面是曹丞相的後花園，門對丞相的竹林。除夕，他就在門上貼了一副春聯：「門對千棵竹，家藏萬卷書。」丞相見了，想他好大口氣，就叫人把竹砍掉。解縉呵呵一笑，於上下聯各添一字：「門對千棵竹短，家藏萬卷書長。」丞相更加惱火，這回下令把竹子連根挖掉。解縉不動聲色，在上下聯又添一字：「門對千棵竹短無，家藏萬卷書長有。」

連粵名會心說，這個才子，還真會搞搞震。

老李說，我就問你，這才子蝕底沒？

連粵名說，佢蝕底？分明佔了人便宜。

老李又問，那他得罪了人沒？

連粵名說，得罪了？好像又談不上。

老李說，當年我丈人問我，在這相聲裏頭看到什麼。我嗰陣國語都說不利索，聽得半懂不懂，只好說，看到我親事黃了。他呢，哈哈大笑。說這後生真老實，就把女兒嫁給我了。

連粵名笑說，你要是人老實，豬乸會上樹。

然而接下來，他楞一楞，忽而懂了，說，這是個好故事。

連粵名終於沒來得及對許栩講這個故事。他看到了許栩將寫給文學院的 appeal letter，電郵抄送給了他。他不禁有些光火，立即打了電話給許栩，但手機關機。

許栩的消息，是第二日清晨傳來的。當時連粵名睡眼惺忪，立時間清醒了過來。當他趕到研究所時，空氣中似乎瀰流淌著殘餘的烏頭鹼氣味。在服毒之前，許栩給自己注射了肌鬆劑。這樣在清潔工人發現他時，他嘴角上揚，臉上竟呈現出了柔美的微笑。

警方很快將凶案定性為自殺。因為在傍晚時，全校師生都收到許栩預定發送的郵件，是他的遺書。這封中英雙語的遺書，遣詞造句都非常準確，且文采斐然，令人不得不佩服許教授的語文造詣。更難得是，其中頗有幾分舉重若輕的幽默，甚至用來陳述自己飽受抑鬱症困擾已有六年的事實。

當然，這封信的後半部分，劍鋒所向，是「南華」物理系多年的朋黨之爭，以及隱藏其下的學術腐敗與利益輸送。這是積重難返的卷裏，似乎少有人能獨善其身。在這封信發酵一周之後，理學院院長與物理系系主任，分別遞上辭呈。

信的末尾，他說唯一愧對的，是自己的導師。

連粵名再見到許栩，是在一周後，又是個周五。那一天本

來是研究所的周年慶典。

　　已成為植物人的許栩躺在床上，仍然微笑。這笑意或將永恆地凝固在他臉上。連粵名望著他，想，這孩子生前總和自己拗著勁，活得太緊張，總算讓自己放鬆了下來。

　　他迅速地糾正並説服了自己，説許栩還活著，和他一樣活在空氣和陽光裏頭。只不過不用再為生活纏繞，如窗台上的一棵黃金葛。他看著他生動的臉，像是個裝睡的人，嘴角憋著一股笑意，時時將要在他面前睜開眼睛。他看得很久了，看到窗外暮色蒼茫。這張臉終於成了一張面具，不再是他的學生。與他同存於世，幽明兩隔。

　　走出醫院的時候，他遇到了月華。

　　女人手裏拿著一只保溫桶，看上去憔悴了些。她説，公公前兩天進了一次 ICU，搶救過來了。醒了，連她都不認了。

　　她遮掩了一下，他還是看到她眼角的傷痕。她的聲音很輕，對他説話，神情與問候，也都是淺淺的。

　　他這才想起，已經許久沒去了北角，便也未再見過月華。曾有那麼半年的日夜，他們常坐在臨窗的桌前，有時吃煲仔飯，有時是豉油雞，都是味濃質厚的。窗外看出去，是萬家燈火。由於樓距近，甚至能聽到聲響。父母責罵孩子的聲音，年輕情侶的嬉鬧。對面是新建的公屋，新移民多。這聲音裏便有南腔北調，共同積聚為濃重的煙火氣。近在眼前，又恍若隔

世，讓他心裏砥實。

　　不知為何，他不再去北角。不去了，便也好像從未發生過，留在了那一時，那一處。

　　月華於是對他淺淺點一下頭，說，連教授，我先走了。

　　他聽得一怔，定在了原地，看女人轉身離開，走去了很遠，消失在人群裏頭。他這才想起，她以往是叫他「阿名」。

九

四月時，連粵名送阿嬤骨灰回仙遊縣。

這是阿嬤生前夙願。米壽時已經請定了佛塔的位，等著回去。

復活節假期，港人北上出行得多。高鐵對面的男人，挈婦將雛，是不勝其煩的模樣。那男孩哭鬧夠了，便看著連粵名。眼睛晶晶亮，又盯著連粵名手中的包裹。儘管連粵名將它包成禮盒模樣，他眼睛卻挪不開似的。終於問，裏頭裝的是什麼。

連粵名笑笑說，朱古力。

孩子便向他索要。

孩子爸爸呵斥，說，冇禮貌。一邊對連粵名頷首致歉。

連粵名說，唔緊要。便從背包裏真的拿出了一板朱古力，給那孩子。

兩下都算親切，便攀談起來。男人問他去哪裏，他說，去仙遊。

男人說，那我們同路。仙遊一年一變，你回去怕不認得了。

連粵名說，我有三十年沒回去了。

男人笑說，那是變得天翻地覆。我是以往的糖廠子弟，文革後跟親戚去的香港。父母還都在，年年都回去。

連粵名依稀記得聽阿嬤說起過糖廠，就問他還在不在。

他說，早就沒有了。關了也好，污染得烏煙瘴氣。你去看看，如今木蘭溪的水，清回去了。

連粵名就印象深刻一些，想起了這條河。想起那回阿嬤急躁躁，顛著小腳，一路罵著他，在鄉野小道疾走，走得比他快，終於太陽落山前趕到了板頭村。阿嬤站在大橋上，睜著眼睛向河水上望。河兩岸都是成熟的荔枝，紅彤彤的一道弧。那時甘蔗也熟了，溪上有木船，運的都是甘蔗。甘蔗綁得密匝匝，船吃水很深。阿嬤說，當年要有咁多甘蔗，無饑荒，你阿公就不用逃去印尼。

那一回，阿嬤買了許多莆田糖廠產的「荔花牌」白砂糖回香港。送遍北角街坊，還有許多存在家裏。吃不完，招螞蟻；雨季招潮，結成塊，比磚都結實。還是不肯丟棄。誰要是動，她就罵，罵得震天響。

想到這，連粵名喃喃，怎麼就關了呢。

男人跟上他的話說，產業調整唄。九八年停產，一千多個工人下崗。我阿爸辦了內退。我讓他到香港來，死硬頸，說不甘心，要做糖廠的鬼。就辛苦我們來回跑。

車到了莆田站。

連粵名和男人一家一齊出了站，在站口道別。連粵名站在太陽底下，等了許久，這才撥了電話過去。電話那頭氣喘吁

吁，説，表叔，我的車在高速上被人追尾了。你和祖阿嬷等等啊。

連粵名聽到電話那頭嘈雜得很，還間或吵鬧聲音。忽然間就掛了。

他楞楞站在原地，這時一輛比亞迪在他跟前停住，車窗搖下來，是方才的男人。男人對他説，教授，我載你一程。

連粵名猶豫，説，不用麻煩，我等等。

男人頭往後一揚，説，上車吧。送老人回去，耽誤不得。

連粵名恍恍惚惚上了車，想起男人的話，問，造次了，你點知嘅？

男人説，誰會這樣畢恭畢敬，抱著一盒朱古力？

連粵名囁嚅道，這怎麼好。

男人擺擺手，唔好諗多咗。我冇乜忌諱，當年我也是這樣送舅公回鄉的。

車到仙潭村，已是下傍晚。蒼茫暮色。餘暉裏，連粵名認出村口那兩棵枝葉交纏的榕樹。他記得其中一棵遭到雷劈，樹冠已經焦黑。然而在樹幹的中段，竟又生出了一叢旁枝，枝葉甚至已經粗壯蔥蘢。有氣根曳曳垂下，已又落地生根。

村口有個鬛黑的年輕後生，迎上前，怯怯問，堂叔公？

他茫然，後生説，我是阿勝嘅仔。

後生接過他的行李，道，阿爸的車拖去修，他接了你電

話，叫我在村口迎著。

他才恍悟。打量下，後生說，叔公叫我發仔。你上次和祖阿嬤回來，我還沒出生。

連粵名想，上次回來時，比這後生大不了多少。如今自己都是半老的人。

他跟著發仔，在村裏走，周遭認不識。多了許多二層的小樓，都很排場，牆體用貝雕和蠔殼鑲嵌作為裝飾。好像也看不到什麼田地。連粵名就問，還種不種甘蔗。

發仔說，不種了。我細路嗰陣時，糖廠就關了。種甘蔗做乜喔。

連粵名問，那還種什麼。

發仔說，山上種茶葉，種蜜柚。大棚種巴西菇，都好過種甘蔗。

他們經過一處，門口寫了「福勝工藝家具廠」，裏頭有寬綽的廠房，聽得見隆隆機器運轉的聲音。發仔說，這是阿爸開的廠，我同老婆都在裏頭做工。

連粵名說，原來阿勝出息做老闆了。

發仔揮揮手，謙虛地說，這樣的廠，在我們村裏有十幾家。我們這個算小的。

說話間，就到了阿勝家。也是兩層小樓，外頭的院牆上也有貝雕裝飾。鑲拼成了醉八仙的圖案，洋洋大觀，一團錦簇。仔細一看，張果老卻是倒坐在一架屁股噴火的飛機上，不知是

誰的創意。

這時有個年輕女人，抱著孩子迎出來，是發仔的老婆招淑。

招淑靈秀模樣，與發仔交代兩句，便喚他叔公。這一喚，用的莆仙話。他才恍然想起，説，發仔，你先前同我説的廣東話哦。

發仔摸摸頭，説，我初中畢業，去東莞打工，學識講廣東話。怕叔公不會講莆仙話了。

連粵名説，我怎會唔識。阿嬤日日夜夜同我講。

他便改用莆仙話同兩夫婦交談。傾過一陣，兩下覺得有些詞不達意。招淑説，叔公説的是老派莆仙話，這些説法，現今年輕人都不這樣講了。村裏老人勉強聽得。

連粵名説，阿嬤怎樣講，我就怎樣講。幾十年過去，説話學成化石了。

他便跟著發仔上樓去。到了樓上，直進去了一間。裏頭竟然搭了一個很大的龕。發仔説，阿爸一早給祖阿嬤留了龕位，叫好師傅做了牌。今晚住一夜，明天就送她老人家去廣勝寺。

連粵名在牌位前，恭敬放好阿嬤的骨灰壇。牌位上寫著「連何氏　秀英　蓮位」。

連粵名知道阿嬤娘家姓何。

何是仙遊縣的大姓，卻來自異鄉。傳説仙遊縣以往叫清源，得名自安徽廬江何氏九兄弟為避淮南王劉安叛亂，陷居該縣九鯉湖畔，煉丹得道，乘湖中鯉魚羽化升天。以後就改叫仙

遊。阿嬤便總説自己是仙人後代。

　　發仔點上香，要和連粵名一齊拜拜。聽到有人雜沓腳步，登登上樓來。聽人叫他堂叔。回身一看，大頭大腦的人，是阿勝。連粵名竟還記得他當年模樣。除了老些，並未大變。阿勝不及和他寒暄，便叱責發仔。一邊小心上前，將阿公牌位旁的另一牌位撤去。

　　連粵名看到那牌位上寫的是·「連縈氏」。

　　記得阿嬤説，當年她嫁給阿公，旁人都説大吉之姻，蓮荷得藕。所以連粵名的阿爸小名叫阿藕。「六七」那年，阿爸出街給英國人亂槍打死。以後家裏人便不再吃藕。阿嬤買拖鞋，倒還是愛買「魚戲蓮荷」。可有年始，也不再買，斷了念想，以往的鞋也都收埋。後來，連粵名在庵堂聽鄉黨阿金婆説，阿嬤知道阿公回了仙潭，還帶了他印尼的老婆。

　　阿勝連連説，小孩子不懂事，不周到。堂叔和祖阿嬤莫怪罪。

　　連粵名説，也沒什麼。都算是團聚了。

　　阿勝説，不好。至少今晚，讓祖阿嬤和太阿公，自己兩個説説話。

　　晚上，連粵名與阿勝一家人吃飯，又來了旁系幾個親戚。

　　招淑在旁頭燒芋粿，包腸餅。將那麵團在鍋底一旋，再一擦，便是一張薄如紙的餅皮。手勢很嫻熟。

　　阿勝與連粵名喝酒，説，堂叔，我這個唷林姆[2]，是福安溪潭人。發仔打工認識的。來時下廚房，蚵仔都不會煎，現在也做得似模似樣。

　　他阿爹祥營，連粵名稱堂哥。年近九十，耳朵半聾。大約聽懂意思，便大聲説，查某就要多做。

　　他對連粵名説，阿弟，你阿孃當年在查某裏是一等一，能做滿堂流水席。你阿爸小我五歲，長在輩上。都還是小孩子，一齊玩到大。那年她剛嫁來，過年我磕頭，叫她阿孃。她笑笑臉就紅，説哪來這麼大個孫。我阿公長房，當年不放你阿公和四叔公去印尼，是看不得她年輕查某受活寡。多少人出去都回不來。那時還記得她眼濕濕，在屋簷下喚你阿爸回來吃膶餅。你阿爸吃，我也吃，往後許多年，沒吃過這麼好味的膶餅。

　　連粵名看他縱橫老淚，混著醉態。親戚們方才熱鬧，此時也就蕭然。外頭有溪聲蟲鳴，院落裏頭一株刺桐，花期將盡，間或欶欶落下，淺淺飄香。香味生澀，醒了醉飲者的心神。連粵名吃一口膶餅，細細咀嚼，也是五味雜陳。

　　月色朦朧，人散盡了。送罷了親戚，連粵名回來，見招淑在堂廳裏點一盞燈，上著繡架，俯身在飛針走線。連粵名不禁好奇，問發仔。

2　莆仙方言，指兒媳。

發仔説，我老婆是溪潭芹洋村人。那整個村子，三百多戶，沒有查某不會織繡的。福安閩劇團，戲衣旦裙，八成都是這個村裏製成。女仔從小眼看手做，繡桌圍壽序，個個好身手。嫁給了我也閒不下來，你看這沙發巾，電視罩，都是她繡的。

連粵名這才打量那日常陳設，繡著花果百蝶，針線竟都十分精緻。

招淑遠望望他，笑笑，説叔公你先去歇著。明天還要早起身。

第二天清早，天曚曚亮，送阿嬤去廣勝寺。

連粵名將骨壇由龕位取下。招淑從裏屋出來，手裏捧著一塊織物，展開來，竟是金燦燦的一塊織錦。

招淑兩眼紅紅，有疲態，説從三個月前就開始織，織好了要上繡。可又有家具廠的工期，就耽擱了。其實只差了一面，昨夜趕工繡了出來。

連粵名端詳那織錦，不禁心裏一動。原來藍色織錦正中是一尊金佛，面容慈正。周邊是燦燦佛光，肅穆的圓中有圓。然而再仔細看，原來佛光裏藏的全是佛手。佛有千手，各執法器，將金佛護於其間。他伸出手，摸那綿密針腳，只覺得這千手之佛，似曾相識。倏忽想起來，原來是早前在巴塞爾展上看到的那幅巨大的裝置畫，如教堂穹頂。成千上萬蝴蝶翅膀，豔異藍黃，一圈又一圈如漣漪。最內深不可測，似漩渦，孤懸一

隻深藍蝴蝶。

織錦正中的佛，面容忽而模糊，讓他一陣眩暈。他問，這是什麼。

招淑說，我聽阿發說，祖阿嬤長年持齋信佛。我們村裏的老人上路，都要由家裏的媳婦手繡一塊佛帳。叔婆是香港人，怕不會繡。祖阿嬤走時快百歲了，只有百歲人，才當得起這塊「浮圖」。

招淑靜靜地，用這塊織錦，將骨壇裹起來，紮好。說，按規矩，「浮圖」送葬不入葬。叔公記得，送祖阿嬤入龕要取下來，帶回家裏掛上，可為生人添壽。

回途，沒有了阿嬤伴著，連粵名孑然一身，卻緊緊將背包端放胸前。裏頭放著那塊「浮圖」。

然而，他終於沒有將浮圖掛起來。

回到家裏，燈黑著。臥室門反鎖。

他敲敲思睿的門，也沒有人應。輕輕一推，門開了。

房間裏是空的。不是人不在，是所有的東西都搬空了。鋼琴、家具、書籍，那些在思睿少女時代便嚴絲合縫地鑲嵌於這房間中的陳設，都沒有了。只留下一張床，空蕩蕩的，上面是一只不甚乾淨的維尼熊。

他想，這只熊是怎麼出現了的。這是思睿當年獲得全港鋼

琴大賽的青少年組亞軍時，阿嬤送她的禮物。但中四時，已經找不到了。思睿因此哭了很久。它是怎麼又出現在這裏的呢。

連粵名退出房間，一點點地。恍惚間，他走到露台上。露台的窗開著，吹來一陣冷風，將他吹醒了。他這才想起，撥通了思睿的電話。

許久，思睿才接了電話。他說，女……你喺邊？

思睿的聲音傳來，冷冷地，像從很遠的地方飄來。她說，唔使指擬我返去。

連粵名問，點解？

那邊是漫長靜默。久後，他聽到了女兒哽咽的聲音，阿爸，她要殺咗我嘅仔，你會唔知？

電話掛了，是滴滴長音。再撥過去，已經關機。

連粵名楞楞站在露台上。這時，他聽到後面窸窣的聲響。他回過頭，看見袁美珍坐在黑暗中，正打開桌上他的包裹，從裏邊取出一塊牛蒡餅，嚼食。袁美珍坐在黑暗中，發出咯吱咯吱的聲響，平靜、規律而細碎。像是一隻晝伏夜出的囓齒動物。

他打開燈，看著自己的老婆，披散著頭髮，穿著已經陳舊發污的睡衣，正不緊不慢地咀嚼，兩腮的肌肉機械律動。他走過去，看著她，問，你做咗啲乜？

她的目光落在桌上的一塊餅渣。她撿起來，吃掉，然後說，我瞓唔到，佢好嘈。

連粵名用顫抖的聲音問，你給他吃了多少安眠藥。

袁美珍看一眼他，說，我想瞓，瞓唔到。

她站起身，走出客廳，順手將燈關上了。連粵名重將燈打開，他攔住了袁美珍，他握住她的肩膀，才發現女人臉上敷了厚厚的一層粉。他狠狠說，你給木仔吃了半瓶藥。你知唔知，你謀殺緊你嘅親外孫。

他搖晃著她的肩膀，看她冷白臉上無表情，甚至皺紋都被白粉所掩蓋。雙眼的瞳人卻深不見底，空洞無內容。她在他的搖晃間，鬆弛無力，像一只破敗人偶。

半年間，連粵名從未想過，要將袁美珍送往「青山」。

雖然他終於知道，袁美珍母系的精神病史，由來已久。他再次看到那個埋藏在景泰藍香盒中的女人。所謂多年前的意外亡故，不過是用一條絲襪結果自己。

他打開香盒，看那張圓形小照。照片很老，上面印著一抹胭脂。外頭鑲著金絲繞成的枝葉，覆蓋著莫可名狀的月白花朵。不知為何，他忽而覺得此時袁美珍的面目，有些類似這張模糊照片。究竟哪裏相像，說不清。

尊生望著他臉上的傷痕，有一種愧意的笑。彷彿是因為多年僥倖的欺瞞。他說，他可以將姐姐接回家裏，僱專人照料。連粵名向他搖一搖頭，說自己可以。

　　袁美珍在家中歇斯底里叫喊，終於被學生投訴。因思覺失調伴生腦退化，她數次從家偷跑出去，有次坐在舍堂門廊哭泣，引起校園圍觀。連粵名辭去了舍監的職務。一年後，又交了提前退休的申請。

　　他退還了買家訂金，賣掉自己一處物業，清償弟妹的業權份額，獨自購下阿嬤的老屋。他和袁美珍搬進了老屋。

　　妹妹說，阿哥，要不要簡單做個裝修。去去老塵氣。

　　他說，不用。

　　他如兒時，重新出沒於北角。春秧街上，電車盤桓，兩邊的果欄小販，忙著收拾。街面上人潮分開，又聚攏。數次聚攏，一天便過去。

　　他去堅拿道東「振南製麵廠」買鹼水麵；去「同福南貨號」買鹹肉、火腿、芋粿、綠豆餅；他去馬寶道，排檔後在賣印尼雜貨。老闆娘為他留有自家製咖喱。他伸出手付錢。老闆娘看他胳膊上有塊瘀紫，關切問起。他笑笑，說，唔關事。

　　以後，他們便也不再問。他們熟悉這樣一個連教授，微笑得宜，言詞懇切。總有一些或深或淺的傷痕，有時在臉上，有時在眉間。

　　他用新出的咖喱，給袁美珍做咖喱雞。袁美珍安靜地吃。吃了幾口，笑了。他便也安慰。袁美珍掰下一隻雞腿，沾滿了咖喱汁，臉上有孩童的顢頇神情。她拎起雞腿，認真地看了一

會，開始在自己的面頰上塗抹。薑黃色的咖喱汁，順著她的臉頰流淌了下來。塗滿了自己的整張臉，或許眼睛有些辣。忽然，她開始抓撓，同時劇烈嘶喊。連粵名知道，這時他才可以動作。他拿起毛巾，在袁美珍臉上擦拭。袁美珍想要推開他，並一口咬在他胳膊上。他皺了一下眉頭，未停止動作。他看著自己的妻子，更深地咬下去。疼痛漸漸成為一種麻木。女人似乎也放鬆。聲音漸漸低沉、細隱。喉頭含混，如受傷的獸。

他更緊地抱住她，閉上眼睛。室內充盈著濃厚的咖喱氣息，馥郁微辛，帶一點難以名狀的苦澀，不潔淨，卻有暖意。然而，久後，有另一種氣息穿刺了這濃厚，一點點地進入了他的鼻腔。開始極其弱小，但慢慢清凜堅定。他睜開眼睛，才看到是近旁地櫃上，有一束素馨花。是他三天前買的，已經有些枯敗，星狀的花朵邊緣，現出鐵鏽色的紅。

及至九月，花期未過。北角街上還有賣素馨花。大約是錯落在舖檔前的走街小販，多半是年邁阿婆，綁成一束一束在賣，自己便也在襟頭或髮髻上插一朵。他看了就買，插在一只「郎酒」的瓶子裏。瓶子也是阿嬤留下的，白瓷，覺得好看，與花輝映。

袁美珍精神好時，看著花，也歡喜。將鼻子湊上前去聞。目光柔軟。神智稍混沌時，便撕扯花束，將那花瓣一粒粒扯下。目光仍是柔軟的。

他在旁看著，由她。這時，他覺得這是他們未相識前的袁美珍。目光柔軟，清澈溫存。

在袁美珍睡著的下午，連粵名請了護工，照顧妻子。然後去阿婆生前常去的庵堂。

他坐在繚繞的煙火裏，看著頭頂懸著懸著「巍巍堂堂」和「慈航普渡」的牌匾。但他不冉聽到阿嬤的聲音喚他，叫他繞佛。外面陽光朗淨，堂內可看見青煙旖旎而上。隨師傅唸大悲咒。唸罷，又唸往生咒。這時，庵堂信眾，多是有年紀的虔靜人。空間有迴響，如耳語。

再唸罷，他坐在廳廊的蒲團上歇息。身旁的人，便開始閒談。談家庭、也談子女。煙茶傳遞間，談股票，也談國是。談三千煩惱，也談一念無明。因多用莆仙話，是阿嬤說的那種，古老而詰屈。但始終聲調嘈切，底色還是世俗。就為清冷的庵堂，布上一層暖。

這時候，點傳師走過來，謝他觀音誕上為北郊蓮淨寺修繕捐贈的香火。因為寄付矚目，可上功德碑留名。問他鑴誰的名，他想一想，報了袁美珍。

他又想一想，打開手機，將他拍下那幅「浮圖」給點傳師看。師傅仔細看一看，說，收好，不宜張掛。

他再想問，點傳師合十行禮，退身而去。

他回到家時，是傍晚。家門洞開，他看見袁美珍不在床上。那個護工也不見了，他心頭一凜。

他走到了走廊，四處張望。從消防通道上下逡巡。這時候，卻看到來電，是月華。

他楞一楞，還是接了。月華說，連教授，阿嫂在我這裏。

他上了一層樓，看到那扇斑駁綠漆的安全門，門頭上尚貼著已褪色的春聯。已很陌生了。住過來這麼久，竟好像咫尺天涯。他伸出手，想按那門鈴。門卻開了。他的手還靜止在門鈴上。

他想起許多時日前，月華也這樣提前為他開了門。她微笑說，認得他的腳步聲。

此時，月華只是將他讓進門裏。他看到袁美珍，正坐在臨門的沙發上。電視裏翡翠台在播放六點檔的卡通片。她目不轉睛地看。袁美珍身上穿著一件粉紅色的蓬蓬裙。他記得是許久前，她直播時穿過。是從海淘上買的，不知她如何翻找了出來。這件裙子質料粗疏，卻是晚裝的設計，緊緊裹在她身上，卻暴露著肩頸，露出一截皺褶的、橘皮色晦暗皮膚。

連粵名忽而覺得一陣羞愧。月華說，我買菜回來，見阿嫂坐在樓梯口。我想是蕩失路，就把她帶回來了。

他向她致謝，卻跟一句，你認得她？

月華點點頭，說，阿嬤給我看過許多次，你們的全家福。

他這才看見，室內堆疊起一些紙箱，除了基本的日常用

具，已經沒有了多餘陳設。他猶豫一下，問，你要搬？

月華依然點點頭。他看一眼袁美珍的方向。這時卡通片結束了，在播一個廚藝節目。主持人師奶模樣，教人做芋頭扣肉，語調誇張、喧嘩，眉飛色舞。袁美珍為她所吸引，也模仿她的動作，興奮不已。

連粵名終於低聲說，沒聽你說起過。

月華淡淡笑，說，你搬過來，不也沒說過？

她走到袁美珍跟前，遞給她一只剝開皮的廣柑。一邊說，上月公公過咗身，我無謂再留下。這裏搵食艱難，還是回鄉下去。

月華走進廚房，再出來，端著兩杯茶。一杯遞給連粵名。

教授，坐下喝杯茶吧。她說，我回了一趟自貢。家裏還在種「川紅」。這「早白尖」，阿嬤沒喝上，你代他飲一杯。

連粵名便依窗坐下，喝一口茶。早白尖湯色濃亮，味也是醇厚的。窗外已發黑了，燈火漸成流光。他看到一個老婦，正將身子伸出臥室窗口，拍打窗外晾曬的被子。那被套的顏色灰撲撲的，應該洗過了許多水，也用過不少年頭。老婦人用力地拍打。拍完了正面，拍反面，最後一使勁，將被子抱攏起，回到屋裏。闔上窗子，順手便將燈關上了。便是一片漆黑。

這一黑，似驚醒了連粵名。他放下茶杯，說，我該走了。

月華說，你等等。

她再回來，手裏捧著一雙鞋。鞋面黯淡，閃現瑩瑩珠光。

上有經年老繡，是「魚戲蓮荷」。鞋頭的窿補得巧。襯了一塊同色的緞，針腳密匝匝。月華低聲說，你每次來，都不記得帶走。

連粵名想接過來，兩個人的手，卻碰在了一處。都遲鈍一下。連粵名在女人手背上輕按上一按，說，保重。

十

那天從春秧街取道回家。連粵名其實是欣喜的。因為「鴻記」的老闆，給他留了一塊上好牛排。這牛肉經絡分明，豐腴鮮嫩，有飽滿的汁水。

自袁美珍生病後，她不再節食，也忘記營養師的囑託。她的口味變得濃厚而饕餮。這讓連粵名的廚藝，重新得以施展。他在路上想著，這塊牛排，即使原料鮮美，還是澆上黑椒汁，會更為惹味。

他為牛排碼上海鹽跟粗粒胡椒。胡椒要即磨，才能鎖味。然後用手輕輕按摩。他閉上眼睛，感到指尖為滑膩的肉質卷裹，辛香冷冽，冰火兩重。

這時，他聽到了外面的聲響。來不及洗手，急忙走出去。

他先看到袁美珍的背影。她在地上摸索一下，又重新舉著一把剪刀，正在剪著什麼。剪得十分用力。

他上前，看到是阿嬤的那雙拖鞋。一只已經攔腰剪斷。而另一只在袁美珍的手中。他見她微笑著，正在用剪刀尖，細心挑起那塊補過的鞋頭針腳。大約因為補得太密，她挑得艱難。臉上的肌肉也一同繃緊。終於被她挑開。一條躍然的錦鯉，從眼睛處斷為兩截，身首異處。

連粵名一動未動。此時才想起去阻攔，要從她手中奪過剪刀。

他不記得那一刻是如何發生。他的印象，定格於袁美珍的神情。那是怎樣的一張臉。他只記得，當血從她的脖子噴濺而出時，他似乎聽到了簌簌的聲響。他看到自己的妻子，臉相鬆弛，如雲霧散。

等到袁美珍不再掙扎，他將她擺成了平躺的姿態。但頸項上的缺口，讓他覺得觸目。他走到臥室裏，看見大衣櫃的櫃桶都敞開著。放著這雙鞋的櫃桶深處，正安靜地擺放著一塊織錦。

於是，他將那塊「浮圖」，鋪在妻子的臉上，也遮蓋住了她的頸項。他嘆了口氣，坐在了地上。他看到還是有一些血滲透出來，沿著浮圖的圓周，一圈一弧。紛繁的法器，閃現金紅，熠熠生輝。靛藍入紫，正中深不見底的漩渦，一佛孤懸。

連粵名在打通了 999 後，才開始煎那塊牛排。煎至五成，他想已經可以。他粗略地估算過了，這樣警察來到時，他剛好可以吃完。

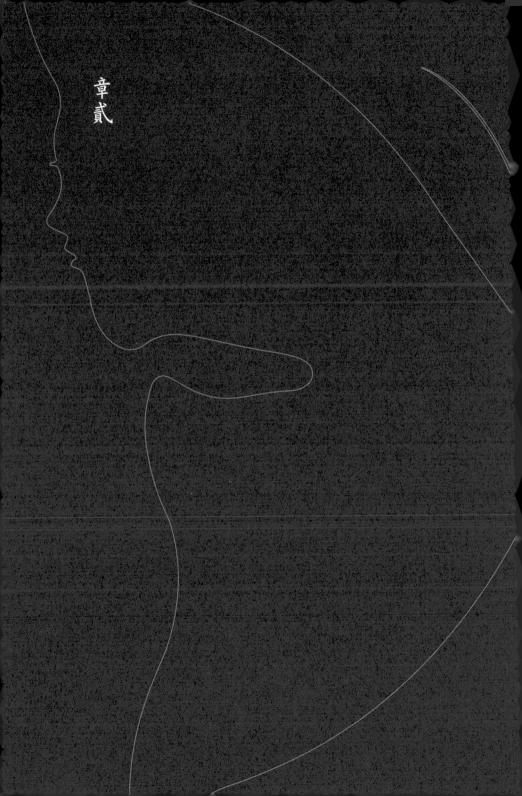

章貳

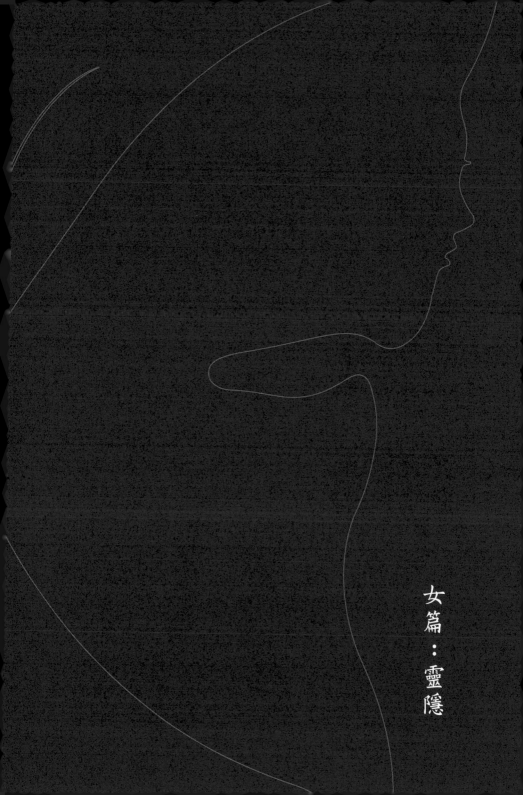

女篇：靈隱

一

　　若不是因為段河，連思睿不知香港也有座靈隱寺。

　　説起香港的寶刹，大約有幾座。大嶼山的寶蓮禪寺，建在
光緒年間，因日後天壇大佛和回歸寶鼎的供奉，成了邇遐聞名
的觀光景點。另一座是新建的，寺齡不足十年。慈山寺地處大
埔洞梓，背依八仙嶺。是香港的首富李先生出資興建。大雄寶
殿依的唐制，不算很巍峨，但有座如意輪觀音聖像，七十六米
高，坐北朝南，越海與大嶼山的天壇大佛遙遙相對。入內參觀
要預約，便有清修之意。

　　至於在市區中心，鬧中取靜的，則是志蓮淨苑。毗鄰鑽石
山荷李活廣場。曲橋流水，於其間，宛若置身一座江南園林。
抬頭四望，皆是大廈摩天，人才頓醒不過般若幻象。據説當年
重建，得梅姓女星秘密捐贈。女星身後，設其長生靈位，存放
骨殖。故中庭左邊的蓮池，命為「梅池」。

　　剛到香港時，段河將這些寺院，一一都走過。做佛像的
人，要多看。看的不是佛像的形制，而是形神。看大雄寶殿，
阿彌喇哆、大勢至菩薩，一直看到山門韋陀。看得多了，心裏

便有數。

　　若不是因為段河，連思睿不知香港也有座靈隱寺。

　　那天段河到北角這間佛堂，是聽聞這裏存有晚清某大師仿製的北魏佛陀造像。待他輾轉找到了，看到佛像，未及細端詳，已發現許多破綻，於是嘆了一口氣。

　　正待離開，看到佛龕處，有一個女人，正合手跪拜。看背影很年輕的。佛堂裏昏暗，但淺淺有一束光，在她身上。靛藍的裙裝上，便如裁開一道明藍。光不知從哪裏來，竟有些跳躍，牽制了他的目光。

　　這時，忽然響起了孩子的哭聲。他望過去，孩子五六歲的模樣，長得高壯。本不是這樣哭鬧的年紀了。那女人站起身來，並不急迫。只是從容地走到孩子跟前，摸摸孩子的頭，說，仔，乖喇。阿媽買魚蛋畀你食。

　　段河見這孩子眼距很寬，光也散著，立即便不哭了。他只是信手拍著巴掌，動作很機械。段河也便看見了女人的臉，不著粉黛。口罩上方，是清麗的一雙眼。這眼睛不是時下的香港女人常有的。眉目舒展，不見瞋喜。

　　女人收拾停當，牽起孩子的手，經過了段河。段河聞到了一種好聞的香氣，似有若無，似曾相識。

　　段河再去這間佛堂，是一個月後。自然是高人點撥，說在

佛堂看到的佛像，其實是贋品。其為藏家在一九四〇年代請台灣的雕塑師傅所作，用以躲避戰時紛亂。但這前輩卻是個熱心人，說是聯繫了佛堂主理，讓他去，到時點傳師會接待他看那晚清的。他便想，原本就是個仿品，便又做了個贋品。便是個玄上加虛，何苦來。他雖這樣想，人卻還是去了。

可他這天進到了佛堂，卻發現人頭湧湧，盛況遠非前次。門口的人叫他掃「安心出行」。看他猶豫，以為是介意疫情後的安全，便說，你看，如今政府限聚十個。我們都是八個一組，按照社交距離來的。

他恍惚中點點頭，走進去，聽得梵音陣陣。茫然間，走來一個男人，問他名字。原來便是點傳師。點傳師有些抱歉道，和你約定時間，卻不記得今日是佛堂大日子，觀音誕。請他稍等等，待這儀式過去。他便在一只蒲團上坐下來。一位僧人領頌經文。煙火繚繞間，看頭頂懸著「巍巍堂堂」和「慈航普渡」的牌匾。他耐著心聽完了。僧人雙手合十，低頭道，繞佛。只見全場男女老少站起身來，圍著觀音像繞場，臉色端莊肅穆。他便也跟著繞，這時忽然看到一雙眼睛，有些熟悉，稍縱即逝。

待整個儀式落定，點傳師便著眾人離開。有些年紀大的，多少有些留連。一個師奶模樣的人抱怨道，捐咗咁多香火，疫情搞到齋都冇得食。

點傳師說，賢姨，唔好噉講。捐香火都唔係為食齋，菩薩聽到唔安樂喔。

他這樣講，這賢姨好像便有些心驚，忙對著觀音像，連說「阿彌陀佛」。

待看到這尊佛像，段河不禁屏息。他知道自己是為美所擊打。佛像不大，木製而成。這讓他有些驚異，也便知道為什麼佛堂以贗品示人。木太脆弱，而精美細節更彰顯了它的脆弱。但它的形制又是雄健而莊嚴的。舟形背光上是熊熊火焰，右袒的僧祇支衣紋、底座唐草紋，也是火焰狀，與背光相應。佛的面容，也非通常團和雍容的形貌，而是有些剛勁英武的長臉。而佛光背後，另有乾坤，雕刻著完整的鹿野苑首次說法的場景，一鱗一焰，連比丘的面容都栩栩而生。

出於本能，他毫不猶豫地掏出畫本，開始臨摹。也不知過了多久，直至他發現佛面容上的光影，有了顯著的移動。這時，他又聞到了一些氣息，若隱若現。他回過頭。看到一雙眼睛，正看著他的畫本。

因為他回過頭，那眼神的專注，惶了一下。他聽到了一把柔和的聲音：畫得真好。

他看見女人背轉身去，開啟了手中的吸塵器。吸塵器發出嗡嗡的聲響，聲音不大。但女人向他的方向看了一眼，還是將吸塵器關上，走遠了。

段河對點傳師說，他想要用玻璃鋼仿製佛像。這樣美的佛

像，即使需要示眾的現代版本，也應該是更好的。

點傳師說，好是好。但慚愧，小堂除了日常支出，其他方面真是有限。

段河說，我不收費。只要你讓我臨摹。我先做倒模，免費送給佛堂一尊。

點傳師說，要跟主理人商量。很快回了話，說，佛像不外借，他要臨摹是可以的，就要勞煩自己來佛堂了。

段河總是黃昏來佛堂，因為這時的光線好。臨佛像，他一向喜歡用自然光。

燈光是死的，自然光是活的。不同角度，不同時間，光不同，臨出的佛，氣韻便不同。

來了幾次，他發現三不五時，除了點傳師，那女人都在。多半做灑掃的工作，有時在一張貢台改的寫字桌前，寫寫算算。

有一天，原本陽光晴好，到了下午，下起了小雨。段河看見佛面容上，陰影一掃。聽到「吱呀」一聲，他猛然回過頭，大聲道，唔好！

女人正在關窗的手，停住了，彷彿受了驚嚇。但很快，就將窗子重新打開了。

段河抱歉道，唔好意思。光線變咗⋯⋯

女人擺擺手，說，唔使⋯⋯

大約為讓他心安，臨了又補上一句，我在大學裏也學過點

畫，我明。

他一直以為，這女人是佛堂的一個幫工，因為她過於樸素的形容。加之勤勉而寡言，唯一喚起她存在感的，只是那一種氣息。聽到她讀過大學，他心裏不禁好奇，不過他將這好奇心壓抑了下去。

又一日，佛堂裏的冷氣，忽然停了。未幾，看見女人扛了一把梯子，穩穩擱在冷氣底下，人就要上去。段河站起來，問她要不要幫手。她又擺一擺手，說，沒事，老毛病。

她俐落地上去，揭開蓋子，將濾網抽出來擦一擦，再裝進去。只聽哢的一聲，冷氣竟然就啟動，恢復了正常。女人將梯子折疊起來，看他一眼，說，做義工，係嗽嘅，乜都要識。

有天他跟點傳師閒聊，終於問起。點傳師說，你說阿睿？人家是正經執牌的牙醫哦，名校畢業的。

段河問，我看她總在佛堂裏，唔使返工？

點傳師看他一眼道，那要問她自己喇。

月尾的時候，段河畫了最後一張圖。那天的餘暉長些，再加之最後一天，多少有些惜別之意，就留得晚了。臨走，才發現叫阿睿的義工，正在等他鎖門。

他連忙收拾了東西。見女人小心地將佛像放在錦盒裏，走進內室。那裏是個保險箱。他道一聲別，就往外走。這時，女人叫住他。說，我們主理說了，要請你吃一頓飯。他人在美

國，讓我幫他招待。

段河說，不用客氣，太麻煩。

女人說，不麻煩，我也要吃飯的。

兩個人就出來，穿過南園街，往電器道上走。

電器道上原有許多食肆，蕭條過。如今政府疫情政策放寬，有些復甦的氣象。

但女人目不斜視，直往前走。走到「華記」牛腩粉，忽然轉進一條小巷。走到深處，停住了。

段河跟著她，這時也停下，看見面前一扇鐵閘門，上面貼了張紙。紙上寫著：東主搬遷，急讓。

再向上看，門楣上是模糊發灰的招牌，「南粵美齋」。

女人說，這間門臉小，齋做得很好。以往法會後，佛堂的人都在這裏吃。好久沒來，看來也執笠了。

段河看出她的失望，想想說，我不一定吃齋的。

女人有點驚訝地看他，但繼而在眼睛裏露出笑意，說，那我們去另一間。

另一間其實也不遠，但在更深的巷子裏。門口懸了一個燈籠，用周正的楷書題了店名，「夏宮」。

段河走進去，看見店裏其實空間很小。大概只有四張桌子，都還沒上客，已經顯得有點局促。

他們坐下來，女人拿著菜單，問他，你笑什麼。

段河說，這個店名，有點托大。香港的店舖，似乎都有野心。我記得剛來時，在南華大學進修課程。學校附近有一家「貝多芬琴行」，隔壁就是「劉海粟畫院」。可進去，都是巴掌大，轉個身都難。

女人愣愣說，水街。

段河也愣一下。她說，這兩間舖頭，都在水街。南華是我的母校。

兩個人都沒有聲音。段河忽然說，難怪說，你讀的名校。

女人看他，輕輕問，誰說的呢。

便又是一段沉默。這時店老闆過來，開口道，我這間舖，不算托大。我姓宮，夏天生的，所以叫「夏宮」。

這老闆滿口大鬍子，是個孔武的樣子。廣東話流利，卻有濃重的江南口音，是很軟糯的。兩人聽了，不約而同地笑出聲來。

女人點了菜，環顧四周，說，這店我中學時就開了。那時就是四張檯，現在還是。讀書時覺得店面挺大，現在是小了。

菜上來，頭一個是四喜烤麩。女人將口罩摘下來，說，這勉強算是一個齋。

段河也摘了口罩。原本算是已說了些話，有了熟人的樣子。但摘下口罩，似乎彼此又對著新的陌生人。段河看女人，原來生了很圓潤的下巴，是南粵人不常見的鵝蛋臉。鼻樑挺

秀，和兩邊的顴骨，都印著淺淺的口罩印子，是戴久了的緣故。這時候，他聽見女人說，原來你這麼年輕。

他說，我造佛像好多年了。

女人笑笑，聽出了他忽起的勝負心，說，我是說，看你畫得好，不像這年紀的人。

段河夾起一塊烤麩，嚼了幾下，說，以往我們家門口，也有一個上海館子。他們家的烤麩，比核桃還硬。

女人說，我聽聞，以為造佛像的人，都茹素。

他搖搖頭，說，我葷素不忌。

女人說，不持齋。你造這麼多佛像，自己讀不讀經？

他說，我不讀經。

女人抬起頭，是不解，問，為什麼。

段河說，我把佛當成人來造。

女人說，佛要是都像人，人還要跟佛求什麼。

段河說，佛像人，人才能看到自己，拔掉自己的念。好比你做牙醫，替人拔牙。人知道自己牙痛，卻拔不掉，只好求你。你拔了牙，就渡了他們。

女人看著他，問，你知道我是牙醫？

段河不再說話，低下頭吃醃篤鮮。許久，他抬起頭，說，我以為牙醫會好忙。

女人還是看他，忽然朗聲大笑，說，原來是看不得牙醫得閒。

她説，我這個牙醫，偏偏得閒得很。原本疫情就生意淡，來的客又有人確診，一半關了張；另一半零打碎敲，除幾個熟客定期護理，還有做「隱適美」換牙套。倒像個江湖遊醫，時間不如捐給了佛堂自在。

段河想，原本她可以説這樣多的話。這一個月，和她説的話，也並沒有一句半句。原來不是因為靜，是不想和人説話。

他問，你的診所在哪裏？

女人問他，你要來幫襯？

説罷拿出一張卡片給他，大大方方説，我給你打八折。

段河看上頭的名字，連思睿。再看地址，在荃灣，和北角遙遙地幾乎是一道縱跨港九的對角線。他就嘆道，這麼遠啊。

女人將乾燒小黃魚拆開，剔出刺來，説，舖租便宜。

他望她，説，你也不食齋？

女人將魚肉放進嘴裏，魚皮炸得酥脆，「唪吧」一聲響，説，我幾時説過我食齋？

她看他一眼，問，你年紀輕輕，造什麼佛像？

段河想想説，除了佛像，我什麼都做不好。

女人問，你在哪裏做？

段河説，靈隱寺。

二

　　若不是因為段河，連思睿不知香港也有座靈隱寺。

　　在巴士上晃晃當當，終歸是好奇，便掏出手機來 Google。
還真的有，在大澳的一處村落。她想起中學時候，班上男生說
大澳有個少林寺，是當笑話來說，當作嵩山少林的山寨版。他
原以為段河也是說笑，看他鄭重樣子，又不像。沒想到，還真
的有。

　　原來這座寺廟也將近百年。一九二八年，有個法號叫臻微
的法師在羌山山麓建寺。鳩工將成，突然圓寂。便徵得靈溪法
師來任住持。這靈溪是在鼎湖山慶雲寺出家的，生在光緒十四
年，俗姓凌，是廣東合浦人。他師父是鼎湖山壽安和尚。臻微
大師臨終前，將重任委託於他，靈溪法師力肩修託，致力晨
禪，普利眾生，四眾皈依者達六七百人之盛。寺院廣作佛事，
隨時其傳戒，而寺內事無大小，靈溪法師均身先勞役；年屆古
稀時，躬猶健碩，終於靈隱寺建成。靈溪法師於一九六〇年秋
天無疾示寂。據說從寺門通向山麓處原有一泓溪水，經年長
流。但大師圓寂那日，溪水忽然停流，盤桓不去。僧眾大為罕
異，就當溪水之畔建起一座「至止亭」。亦叫「靈公紀念亭」，

亭內刻有碑記靈溪法師及遺像，供後蓼追思景仰。

連思睿不知不覺便看進去，到站忘記了下車，發現已經坐過了一站。

待她趕到了林家，菲傭姐姐開了門。兩個老的，正坐在廳裏看電視。見她來了，一起都站起來。林醫生說，阿木吃過了飯，已經睡著了。她點點頭，便往裏走。林太太跟過來，欲言又止，想想說，孩子護覺，今晚就讓他在這睡吧。

連思睿笑笑，明天約好了，帶他去見阿公。

林太太不好說什麼，陪她入房，替阿木迷迷糊糊地穿上衣服，抱出來，走到門口，淺淺鞠一躬，道，林阿伯，Aunty，麻煩你們了。

林太太眼神戀戀地在孩子身上，聽到這裏，轉過身去。林醫生嘆一口氣道，思睿，總不能老這麼叫我們。一直叫下去，阿木漸漸大了，怎麼跟他說。

連思睿便又笑了，他要是哪天能聽懂，我倒阿彌陀佛了。

走到了樓下，天已經黑透。這屋苑雖老，卻也很大，幾十年下來，自己發展成了一個小社會。許是她也來得多了。久了，走在路上，竟也有人跟她打招呼。雖然都戴著口罩，彼此的眼睛，也是熟悉的。不說話的，就眼裏閃過一點暖光，碰觸一下。連思睿想著，便把阿木放下來，讓他自己走。她

現在越來越多地，讓孩子自己走。阿木三歲才會走路，開始腳是軟的。他似乎並不知道會走的意義，走幾步，回頭望望她。便折返，伸開胳膊，向她的方向走回來。她心裏一抖，人卻避開了，不給他接近。孩子便哭，哭得撕她的心。可她眼裏噙著淚，還是向後退。

待阿木會走路了，走得穩了，卻比別的孩子都愛走。要緊緊地看著他，一個不留神，便不知走到哪裏去了。走失過兩次，報了警，千辛萬苦地找到了。她心裏又氣又急，還怕。可看見了孩子，無辜地看她，一邊笑，一邊對她伸出手去。她心便軟了下來，可還是怕，怕得忘了哭。那次差館是個女警，嘆一口氣說，這樣的小朋友，還不睇實啲，點做人阿母！

她只覺得額前猛一抽搐，想起另一個女人，曾這樣厲聲抱怨她。不知覺，眼淚便決堤似的流下來。

此時，阿木走得壯健，竟至於跑。她緊緊看他。看他跑向了屋苑裏的兒童遊樂場，看他直直地跑向了鞦韆。以往，她是不敢帶他去遊樂場的。特別是白天。阿木異類的形貌，會激起其他孩子原始的惡。那種未經教育拘束的惡，會讓幼童瞬間變得殘忍如小獸。他們出其不意圍攻他，視為自己的正義，全然不顧他身旁的母親。

反而因為疫情，給阿木戴上了口罩，縮短了他與其他孩子樣貌的差距。但阿木不願意戴口罩。便撕扯下來。連思睿用了

很長時間，甚至訓斥他，也沒有用。後來在心理醫師的幫助
下，忽然有了起色。阿木開始依賴於口罩。似乎口罩為他帶來
了安全感。戴上了口罩，他那略遲鈍的眼睛，開始有了光芒，
是一種受到庇護的自信。他甚至連吃飯時，都捨不得摘下來。
這自信鼓勵了連思睿，帶他去更多的地方。

在夜的掩護下，母子在空無一人的遊樂場。阿木坐在鞦韆
上，連思睿推一下他。他便發出歡躍的聲音。後來，連思睿也
在另一架鞦韆上坐下來，看著他。鞦韆發出吱呀的聲音，沉鈍
的金屬摩擦。鞦韆也老了。

連思睿看著鞦韆上的阿木，這孩子的輪廓。那樣的瞬間，
她彷彿看到一個少年。少年含笑看她，問她，連思睿，你知唔
知，我哋屋苑有幾多人？

連思睿搖搖頭。他便學他阿爸，用業主委員會主席的腔
調，開始背誦這屋苑的歷史與過往，抑揚頓挫。

連思睿未聽進去，她的眼睛，都在他的臉上。那樣的一張
臉，白得透明的額角。他在鞦韆上使力的時候，頸項上便顯現
出青藍的血管。她看著他。他背誦屋苑守則，先用中文背，然
後用英文。背完了，自己覺得不耐和無趣，不再說話。便安靜
了下去。兩個人，一前一後，只剩鞦韆吱呀。多數時候，他都
是這樣安靜。偶爾輕輕地扯一下襯衫的領子。連思睿知道，他
的校服被母親送去漿洗過，太過硬挺。

他們不再說話，直到夜幕低垂，才各自回家去。連思睿

想，這樣好，可以陪伴他的安靜。而他不多的一些話，都説給自己聽。

他們的聯絡，除了同校，另有一層。連思睿的太阿嬤，在同鄉中有聲望。每到年節，佛堂裏的查某便結伴來探望。少年被母親帶了來。查某們有許多的話要講，帶來的孩子們少許熟識了，聲音也是喧闐的。獨少年坐在一旁，安靜看太阿嬤養在缸裏的一條紅錦鯉。太阿嬤看見了，將一封利是，放在少年手裏。少年微笑，沒説恭喜發財、壽比南山，只是站起身，對她輕輕鞠一躬。

相聚到了尾聲，主家孩子照例要展示才藝。連思睿坐在琴凳上，彈巴赫。熟透的譜子，忽然忘了。手停下來。少年從魚缸前抬起頭，等一等，才在靜寂中走過來。他坐在連思睿身邊，伸出手指，彈了幾個音。連思睿就記起來，接著彈。少年未走，待下一個段落加入，為她和音。

太阿嬤瞇起眼睛，看到這孩子彈琴的手背上，有一根凸起的青藍色血管。

晚飯時，她忽然説，阿睿，你大個了嫁人。要找手上有「老脈」的男人，是頂靠得住的。

連思睿的弟弟連思哲，伸出手，問，太嬤嬤，我有冇？

太阿嬤看都不看他，説，你冇。林太家仔仔的手上，有一根。

　　阿木生下來，瘦瘦長長，全是骨。三天後，褪去胎皮，一身似雪。連思睿卻看見了孩子手背上，有一道青藍血管，從中指貫穿下來。她這才憶起太阿嬤的話，「男人老脈，終身有靠」。

　　這時候，太阿嬤過身一個月。林昭去世半年。

　　中學畢業，少年去日本留學，學藝術管理。

　　連思睿考上了南華大學醫學院。她去機場送少年，笑盈盈。少年問她笑什麼。連思睿開始不肯說，待少年要過安檢，她忽大聲喊，林昭，你要回來！我太阿嬤講，我考上了醫學院，做林醫師家的新抱，唔失禮。

　　少年回過頭，對她笑一笑。過安檢的人，都跟著笑。有人吹口哨，有人鼓掌。

　　四年後，林昭回來了，身形長高了一截，不再是少年。連思睿去機場接他，看著一個人，瘦瘦長長，從通道走出來。頭髮也留長，大而鬆的西裝，晃晃當當。是復古的時尚，像三十年前的木村拓哉，二十年前的柏原崇。

　　在計程車上，林昭不說話，側著臉看著車窗外。車上了青馬大橋，外頭是大片的海，還有綠色山脈，連著昂坪洲的水一彎。連思睿與他坐近些，輕輕喚，林昭。林昭回過頭，微笑對她。她只看見他上翹的嘴角。頭髮太長，覆在額上，看不見眼睛。連思睿伸出手指，撥開頭髮。看見還是青黑的瞳，幽幽亮。嘴唇在笑，這眼裏卻沒有笑意。連思睿在這眼瞳深處，看

得見自己，浮在一片翳上。她的手垂下來。林昭將她這隻手，包在自己一雙手裏。一隻手是冷的，另一隻暖。她看四年不見，這手似乎又長大了些。手背上一根青藍色血管，曲張著，又凸起了些。

中環歌賦街有間畫廊，叫 Mong，不大，鄰近著「九記」牛腩和蘭芳園。裏面懸著一幅油畫，畫底下標籤有個紅點，已經賣出。可還是長久地懸掛在那裏。畫上是一個裸女，坐在淡藍色的天台上，遠方有一架飛機飛過。女人一邊的手與腳，不合理比例地緊張交纏，另一邊的身體卻很舒展，私處生長出一朵蓮花，昂然地豔。

這是林昭的畫。連思睿隔一段時間，就會去看一看，她確定畫中的女人，是自己。雖然，林昭從未完整地看過她的身體。但她確信，那就是自己。

她認真地看，看這女人蓓蕾樣小小的乳，毛髮的走向以及顴骨上的一顆痣。

她想，林昭不可能沒有畫過她。

那個油麻地眾坊街的出租小屋，在大廈頂層的天台。她記得，當時很倉促地租下了它。那天大雨，林昭臉上有傷痕，說再也不回家。他們用油漆，將靠近街道的那一側，刷成了淡藍色，一直蔓延到門口。就好像是小屋投到地上的一道淡藍色的影。

　　那年香港的冬天，格外冷。廣東竟然開始下雪。毫無預警的寒流，冷得凍死了人。連思睿用實習期的工資，買了一台取暖器。小屋暖和了一些。兩人坐在窗前，聽外頭的風呼嘯著將屋頂上的鐵皮吹得嘩嘩作響。

　　連思睿說，不如打甂爐。林昭聽了，就出門去。回來時，手裏一堆從樓下超市買來的半成品食物。他說，我給你做個壽喜鍋。

　　在電磁爐上做了一鍋東西，看不見面目。連思睿說，原來是個大雜燴。

　　可是，這一鍋，在這冬日散發著膏腴的香味。她吃一口，味道居然很好，是各種食材鮮味的混合，雖然混得魯莽，但從胃裏一直暖下去。林昭說，我在日本四年，只學會做這個。

　　連思睿說，我太阿嬤和我阿爸，都會煮餸。只有我，連個潤餅，都不會整。

　　這時候，林昭看看她，就將她攬進自己懷裏。林昭很瘦，但是肩膀寬而飽滿，將她裹進去。隔著衣物，仍然能感受到他的胸骨，像是被一幅竹簾包裹。有些硬，卻抵心抵肺。她覺得踏實，心裏有些悸動。抬起頭，林昭卻沒有動，只在她額上輕輕吻一下。

　　實習那年，是連思睿最快樂的時光。她頻繁地走堂，從冬天直至夏天。這個天台小屋，鄰近百老匯電影中心。他們在特價場嘆冷氣，看冷門的東歐和西亞電影。看著看著睡著了。睡

到一半，醒過來，連思睿發現自己靠在男孩肩膀上。男孩也睡著了，卻正襟危坐。在閃爍藍光中，她看男孩側臉，輪廓圓潤完美，蕭穆如沉睡佛陀。唯山根處，隆起一塊骨，倏忽將這輪廓阻斷。不由自主，連思睿伸出手，在這骨頭上按一按。按不下去。林昭醒了，望向她，微笑無聲，似水溫柔。

　　若干年後，連思睿在大埔文武廟求籤。相士望著阿木説，這孩子三十三歲時，臨西北無水之地，可渡劫數。
　　阿木生就同父親一樣的鼻子。山根有節。

　　連思睿發現那只皮篋，出於偶然。
　　酷暑天，連思睿趴在桌上寫畢業報告。小屋的冷氣，忽然停了。以往也出現過，冷氣機架在高處，林昭身長臂長，以往伸出手拍打幾下，冷氣便恢復運作。偏偏這天他不在，去中環開的新藝廊應聘。
　　連思睿搬了一只凳，爬上去，學著林昭，使勁拍打了幾下冷氣機。冷氣機轟然一響，真的啟動。待她要下來，回頭看見櫃頂深處。有一只皮篋，粗糲的鱷魚皮上，手繪著紫陽花。她沒有見過這只皮篋，想了一會，將它搬了下來。
　　皮篋很輕，像是並沒有裝著東西。上著鎖，她先試了林昭的生日，無反應；再試了自己的，鎖打開了。
　　連思睿楞楞地，看著箱子裏的一片琳琅，都是女子衣物。

有的顏色極其熱烈豔麗，有的極幽暗。質料都很輕薄，放在手裏，皆盈盈一握。

連思睿忘了表達情緒，驚奇、憤怒或哀傷。她甚至忘了追究它們的歸屬。她只是深深被這些衣服所吸引。它們太美，美得在她的經驗之外。像是二十年的懵懂間，十回九曲，誤入了一處桃源，眼前豁然。

拎起其中一件，那樣遼遠的黑，在裙底漸變於藍。墨色的藍，像是宇宙深處的一個黑洞。這黑洞，引誘著她。情不自禁，脫下了自己的衣服。

她穿上了，對著鏡子，才發現這裙格外的大。裙裾垂至腳踝，肩線鬆鬆地疊在手肘上。

她以為的美，頓時消沉了。像她還是細路女時，偷偷試穿母親袁美珍的衣物。那種不合身，帶著一點偷竊的心理，在期待中落荒，忽帶來羞愧與自卑。她不甘心，又穿上一件豔麗的。那誇張斑斕的花卉，以飽和的色彩將她卷裹、吞噬，讓她黯然地沉沒下去，讓她透不過氣來。她像溺水的人，在掙扎中將裙子脫下來，扔在了一邊。她頹喪地坐在地上，想，作為一個女人，還沒有看到對方，卻已一敗塗地。這時候，才感到悲從中來。

她沒有聽到林昭從她身後走了進來。林昭站了一會，默默地脫去了衣褲，他將那條裙子拎起來。當連思睿回過頭，看見剛才那斑斕的裙子，已完美地貼合於另一人的身體，每一

處細節。囂張而喧嘩的色彩，此時也熨貼了，像是被馴服的猛獸。林昭坐下來，從抽屜裏拿出連思睿的化妝包。開始化妝，手法熟稔。良久，他解開馬尾，長髮如瀑披散。他回過頭，站了起來。

連思睿抬起滿布淚痕的臉。她看到眼前立著一個陌生人，一個陌生的女人。甚至，不是女人。因她美得太奪目。在這狹小的天台出租屋，她豔光四射，美得有如神跡。連思睿不禁跪著，爬了過去，捏住那裙裾。她望向這尊神。如幽井的瞳，慢慢翕張，有一種由衷的喜悅的力量，從神的臉上煥發出來。然而另一邊，微闔雙目，眉宇清明，低眉仿如佛陀。都是讓人膜拜，一半佛陀，一半神。

林昭說，這是真的我。

許久，他終於坐下去，隨手撿起紙巾，大力地擦去臉上的妝。

連思睿上前阻擋。然而遲了。妝已被擦得殘破黯淡，面目全非。林昭親手毀了這個神。

連思睿將從雲端跌落下來的林昭輕輕抱住。她將他的頭，攬到自己懷裏，說，留住真的你。我幫你。

連思睿問做手術前的林昭，有什麼願望。

林昭沉默很久，說，我想要一個孩子。

連思睿沉默很久，説，我幫你。我們一起養大他。

手術後的一個月，發生了排異。

連思睿驗孕，兩道清晰的紅線。

林昭説，打掉他吧，還來得及。

說話時，林昭想摸摸她的臉。可他的手，連著輪椅上支起的吊瓶。那條青藍血管，在慘白的手上突起，是蚯蚓樣扭曲的葉脈。連思睿一下一下，梳著他的頭髮。這頭髮長已及腰，垂下來，像是烏亮的錦緞。也是奇，人已經虛弱單薄，如葉秋萎，卻仍然有能量供養這頭髮，讓它無止盡地盎然生長。

連思睿相信，這就是神跡。她說，我不會打掉。這孩子在，你就會一直活著。

林昭沒有等到孩子出世。

但他的形神，歷經數年，終於以一種曲折的方式，在阿木的臉龐上浮現。

連思睿記得，那是雨夜。診所的護士姑娘説，有一對老人，在外面已坐了整個下午。不說話，不求醫，只等她問診結束。

她走出去，覺得老人似曾相識，終於想起是林太太。那依偎著太阿嬤的同鄉婦人，玲瓏嬌小。不見數年，如今怎麼這麼老。她的丈夫，公立醫院的退休院長，再無意氣風發，眼相混濁。他們一同站起身，小心翼翼喚她，連小姐。

她冷聲問他，什麼事。

林太太說，讓我們見見孩子。

連思睿將頭輕輕偏過去，看牆上掛鐘，指針指向九點。

林醫生說，我們發現了林昭的日記。

這個名字刺痛了她。她想，就是這個男人當年將林昭趕出家門。林昭有一個醫生父親，卻至死未向他求助。

忽而，林太太向她跪下。這個年老婦人，哭著扯住丈夫的褲腳。林醫生硬挺的膝蓋，倏然一軟。

連思睿說，這是我的兒子，林木。

阿木躲在她身後，怯怯望著老人，好奇而顢頇，寬闊的眼距間，是山根上凸起的一塊骨。

林太太對他張開臂膀。許久，他搖搖晃晃走出去。連思睿一咬唇，讓他走。

林太太將孩子抱過來。阿木有些驚，看向母親。連思睿點點頭，不說話。

林醫生將孩子的手，放在自己手裏，緊緊握住。一大一小兩隻手，翻過來，手背上，都是青藍一根血脈。

連思睿問，這樣一個孩子，你們不嫌棄？

林醫生說，自己的孫，為什麼要嫌棄。

連思睿問，自己的兒子呢。

　　她從包裹掏出一張照片，放在他們面前。那個盛夏黃昏，在天台小屋裏拍的。寶麗來照片不清晰，色彩卻分外豔。照片上的林昭，長髮如瀑，臉相舒展，在那一片斑斕中盛開。一半佛陀，一半神。

三

若不是因為段河，連思睿不知香港也有座靈隱寺。

段河沒有想過會見到她。那天，他將玻璃鋼製成的佛像送到佛堂，眾人嘖嘖。他的眼光在佛堂裏尋找，沒有見到那個女人。

問起點傳師，只說，時來時不來了。可能疫情趨緩，診所又有了生意。

段河找那張名片，許久未找到。便打電話給點傳師，問連思睿診所的電話。

他說，自己有一顆智齒發炎，想拔牙。

點傳師給了他，補一句，她的診所在荃灣，還更遠些。要坐小巴，下車看到陳記深井燒鵝，就到了。

他答應。點傳師又補一句，記得要預約。

段河沒有預約。他在一個黃昏，從東涌坐港鐵到荔景，轉荃灣線，坐到底。然後乘 96 號小巴，穿過一片荒涼，竟漸漸又進入熱鬧的街市。這個熱鬧，是荒涼中的一座孤島，被青山

公路所阻隔。可見是經久而成的煙火氣,與他所見過的香港休戚與共,卻又仿若無關。他知道,這裏便是所謂新市鎮,有自己發展的脈絡與習性。像是某個遊蕩在外的孩子,不必晨昏定省,生長得爛漫不拘。

所以這裏的房屋、街道乃至路人的衣著語態,都似乎有些不同。他借助導航,找到了「陳記燒鵝」。原以為是個燒臘店舖頭,沒想到三層樓高,堂皇得出人意表。他在這食肆的右手,看到了「連城牙科診所」。

他笑一笑,無聊聯想了一下牙醫與餐廳的關係,可算是周邊業務。

於是他推門進去。護士姑娘問他有沒有預約。他說,沒有,可以在這裏等。

護士說,唔好意思。吳醫生今天的預約滿了。

他問,吳醫生?

護士說,你不是來看吳耀城醫生?

他說,我來找連醫生,連思睿。

護士說,連醫生今日休假,不當值。

段河想一想,從包裹拿出一只盒子,遞給護士說,麻煩轉交給連醫生。

三天後,段河去萬佛寺臨羅漢。深夜才回到靈隱,看到桌上擺著盒子。打開,裏面是那尊佛陀。

阿爹説，傍晚時候，一個女人來過。等了一會兒，放下就走了。

阿爹抽一杆煙，裏面是雲南種的大葉青，味道有些發衝。可聞得久了，便會醉。醉裏雕出的佛，醒來再看，神態便不一樣。師父做的佛，便總比別人多了一種微妙神情。

他看著那尊佛陀，在燈影裏頭，低眉肅然，嘴角卻有一絲未解笑意。不知是因他醉，還是因眼倦。

他問阿爹，女人可留了什麼話。

阿爹説，她説謝謝你。自己屋企不供佛陀，只供觀音。

段河默默坐下，將那尊佛面向自己。佛的笑意沒有了，青森森的眼眶裏，卻見火苗。是蛾在燈光中飛過撲翅的影。

阿爹説，她説，還會再來。

幾天後，連思睿真的來了。

她下了車，大約一路車程漫長，又無前次的新鮮，忽覺得疲累。便在路口的息肩亭坐下。這息肩亭上開了一扇花窗，聽到有聲響，探進了一個腦袋。她回頭，竟然是頭小黃牛。她站起身，牛也吃了驚。一抬頭，叮叮噹噹一陣響。她看牛脖子上掛了個鈴鐺，上頭鑴了「靈隱」兩個字。

那牛便望山路上走，她也便跟著走。眼見著，前面還有幾頭，都回過身，好奇朝她望過來。都掛著鈴鐺，並沒有停下腳底行路，便有眾聲喧嘩之勢。

走了許久，依稀聽到泉水聲。待看到溪流，牛隻都停下喝水。她也就望見眼前的石牌，刻著一副楹聯：「靈氣獨鍾，一水縈迴登彼岸；隱修證道，眾山環拱護真如。」

看那山門上，三個大字「靈隱寺」。

前次大約來得晚，下了計程車，便進了這山門。暮色低沈，竟然連寺名都沒有看見。原來字體是敦厚持重的。因這山門也依稀有些歷史，花崗岩上生滿了青苔，竟然讓她有些恍惚。她這時想，香港，原來也有一座靈隱寺。

她和林昭唯一一次旅行，是在她大學畢業。去了浙江。先去了杭州，又去紹興、烏鎮。到杭州，自然去了靈隱寺。因是盛夏，樹木蔥蘢，整個寺廟也便綠透。那個寺廟，真是氣象盛大。一重又一重，天王殿、大雄寶殿、藥師殿，一殿接一殿，走不完似的。

他們上飛來峰，全是宋元間石刻造像。在龍泓洞，看到一尊天冠觀音。林昭停住，久久地看。這觀音身上風化斑駁，音容卻豐美莊嚴，也與他們久久對視。抬頭可見一線天光，映照在洞壁上，緩移如日晷。

連思睿走進來，將一只盒子放在桌上。當時段河正在雕刻韋馱頭像，金剛怒目。用的是樟木，房間裏飄蕩一種清凜而厚重的氣息。然而連思睿走進來，有一種淡淡植物香味，穿透了那清凜。

　　他抬起頭，打開那只盒。盒裏是一尊德化瓷的水月觀音。他捧出來，才發現從腰部裂為兩半。連思睿說，我不供佛陀。這觀音像，你能為我製一尊嗎？但是，家裏有孩子，要用不怕摔打的材質。

　　段河想一想，說，好。

　　他迎著光，看見這觀音底部，刻有幾個字。迎光認一認，是「蘇舍葛氏」。

　　這時走進來一個中年人，著土黃直裰，應該是本寺的和尚。見桌上斷裂的觀音，似乎一驚，雙手合十，道聲「阿彌陀佛」。

　　說完遞給段河一只琴盒，說，今天實在走不開，唔該。

　　和尚合十躬身，便退出了。段河拎起琴盒便走出去，看她一眼道，我送送你。這裏車不好等，在大澳還多些。

　　連思睿跟著出去，遙遙看見幾個僧人，在園子裏忙碌。段河說，他們在收葫蘆瓜，前些天總下雨，飽了水，再不收要爛在地裏頭。

　　連思睿就問，他們平日裏吃的，都是自己種嗎？

　　段河說，嗯，在後山還墾了塊地。人也不多，夠自給了。以往旅遊旺季，大澳那邊的遊客會過來吃齋，還要到外頭採買些。這幾年疫情，沒什麼人來了。自己吃夠了。

　　他們聽到有人咳嗽一聲，看一個花白髮的人走過來，將煙杆在樹幹上敲一敲，說，早點回來。

　　寺廟後頭，竟還有一個車庫，停著一架「通用」車。段河走到最裏頭，推了輛電單車出來，給連思睿一頂安全帽，叫她坐在後頭。

　　連思睿接過帽子，遙遙向廟裏看一眼，說，那是你阿爹？

　　段河點點頭，說，嗯，生人勿近。

　　電單車沿著山路經過鹹淡水的交界，進入大澳的區域。可見兩邊依海而建的棚屋，都是高腳的，底下便是不甚潔淨的海水。這些棚屋擠擠挨挨，屋頂有的油漆成了亮麗的顏色，自然而成自己的一道輪廓鮮明的風景。雖有些言過其實，這大概是被政府對外宣傳為「東方威尼斯」的依據。

　　遠遠地，他們看到一幢淡藍色的建築，上面寫著「筏可紀念中學」。校門口等著一個少女，正孜孜地望著外頭，眼神有些焦。段河就停下，背上琴盒。叫一聲「阿影」。少女便笑盈盈地走向他。段河說，你爸說修好了，先用著。下學期給你買只新的。少女接過那只琴盒，說，唔該河哥哥。

　　少女看看連思睿，也對她淺淺鞠一躬，然後返身就往校園裏去了。

　　段河說，阿影好乖的，識得照顧自己。她是靖常師父的女。

　　連思睿大約有些迷惑神情。段河說，靖常是結婚後出家的，本來是大澳的漁民。出家後沒多久，老婆過了身。阿影是他師兄弟幾個一起幫著帶大的。

連思睿說，這間中學的孩子，都是本地子弟？

段河說，是啊。漁家孩子們沒學上，寶蓮禪寺的筏可大師就捐了這個學校，辦到現在。校訓是「寶筏慈航，引渡迷津」。

連思睿笑笑說，你倒很瞭解。

段河說，別看我沒來多久，天天待在寺廟裏，聽師父們講古，什麼不知道？我還在這學校兼了門課呢。

連思睿問，那你教什麼。

段河說，美術。

他重新推起電單車，說，我呢，沒事就幫師父們跑跑腿，省得在寺裏白吃白住唔好意思。如今這一帶我熟得很，有些地方香港人都未必知道。虎山後頭有一門葡萄牙人留下的大炮，我帶你去看看？

連思睿見他眼裏有光，是少年稚拙的得意樣子。她說，你要有空，陪我去買瓶蝦醬。

他們穿過橫水橋，走進大澳的市集。因為疫情緩退，街景上似乎有些復甦的景象。街上蕩漾著海味舖傳出風乾的鮮香。豐腴些的，是近旁炭燒魷魚的香氣。魷魚在鐵板上滋滋地響，漸漸打起了卷。舖裏則是一片豐足的明黃色，是茶果、魚肚與鹹魚。經過一間涼茶舖，段河走進去，出來拿著兩瓶涼茶。雞屎藤給自己，紫背天葵給連思睿。忽然他楞住，看著連思睿問，酸唔酸？

連思睿說，酸。

他又問，腥唔腥？

連思睿細品，說，有啲啲。

他便將瓶子放在陽光底下看一看，說，弊！買到假嘢。

連思睿笑說，十幾蚊，仲有假嘢？

段河皺皺眉頭，說，怎麼沒有。阿影教我，正宗的要用紹興金錢葵煲，幾千蚊一斤。成個大澳都飲，哪來這麼多。啲衰人用本地水葵整，幾十蚊斤，有啲腥嘅。

連思睿見他嫉惡如仇的樣子，楞一楞道，你好憎人做壞事？

段河緩緩說，來世會有果報。

連思睿看到遠處有漁船接近，發動機發出轟隆的聲響，遮沒了周遭其他的聲響。她說，你又說你不讀經。

兩個人默默往前走。沿街有許多舖頭，都在賣蝦醬。但連思睿並未停下，他們一直走到石仔埗街，經洪聖古廟，轉入後吉慶街，連思睿總算停在一處舖頭。極小，很敗落，沒有招牌，僅僅在一個白板上寫著「生記」二字。一個胖大的婦人抱著嬰孩，問他們要什麼。她說，我想買蝦醬。

婦人橫了她一眼，就往舖頭裏喊了一聲。便有一個男人走出來。男人乾瘦，耳朵上夾著一支煙。屋裏面傳出粗口催促的聲音。顯然正在進行一個牌局。男人有些不耐煩地對他們說，冇蝦醬。

連思睿在他轉身時，輕輕說，我是林阿嬤的孫。

男人回過頭，問，北角嘅林阿嬤？

連思睿點點頭。男人嘆一口氣，我聽說林阿嬤幾年前過身了。

連思睿説，我太嬤只鍾意食「生記」的蝦醬。

男人又嘆一口氣，我老母舊年都走咗，我屋企現時沒人整蝦醬。你知十年前，政府都唔界「梅蝦拖」喺大澳捕銀蝦。現時「鄭祥興」「勝利」那些蝦醬廠都係用外地蝦整。

連思睿説，我自小食太阿嬤整的蝦醬肉餅，食得出味唔同。我太阿嬤話，好蝦醬係陳家阿婆用腳板踩出來，唔係機器壓出來。

男人就笑了，説，因為這個，食環署啲人來投訴好多次，話唔衛生。我哋唔整啦。

連思睿説，我知道你哋有，我想買來整餅拜我太嬤。

男人狡點一笑，説，果然有料到。我阿母過身前，都整咗幾十罐。我藏在雪櫃裏，都是用本地銀蝦。我哋屋企想自己慢慢食，讓你一罐啦。五舊水。

段河聽罷在旁邊説，一罐蝦醬五百蚊？不如去搶銀行！

連思睿掏出一千塊，説，老闆，唔該，兩罐。

連思睿捧著兩罐蝦醬，還帶著冰涼的雪意。不知為何，心裏忽然充滿一種富足感覺。他們穿過夕陽下街市的人群，段河看到她臉上光燦燦的，彷彿鍍了一層金。遠處的海水，也是一

道潮汐下金色的線。船的輪廓，橋的輪廓，都是金的。一群放學的中學女生，穿著與阿影同樣淺藍色的校服，一路嬉笑著走來。在這陽光底下，這淺藍折射出一種藍金色，像是孔雀羽翎的色澤。這些青春的孩子，抑制不了愛美的天性。他們戴著色彩繽紛的口罩，表達著自己的審美和個性。有草間彌生的波點南瓜，有黑底上畫著性感紅唇、有梵高似的金黃麥田。而有一個孩子，並沒有參與熱鬧。她安靜地望著同伴們。她的口罩，白底上，只有一段五線譜。

連思睿微笑著將那段譜子吟唱出來。

段河問，你在唱什麼。

連思睿的笑容慢慢地消逝了。過了半晌，她說，是《安魂曲》。第三樂章 Dies irae，《末日經》。

孩子們遠遠地走了，連思睿望著他們。那個最安靜的孩子，落到隊伍的後面。她彷彿躬身繫鞋帶，卻沒再起身。連思睿眼睛不眨，望向人群，那孩子就此消失在人群裏了。

連思睿問段河，SARS 那年，你在哪裏。

段河想想說，可能在澳門。

連思睿看看他，說，可能？

段河說，那年我剛出生，不記得了。

連思睿說，你不記得在哪兒出生？

段河望見橫水橋上的人，這時被清空了。這橋從中間慢慢

斷開，抬起。一只高身的機船，緩緩地駛過河道。狹窄的、擠擠挨挨著棚屋的河道，像是游進了一頭擱淺的巨鯨。

段河說，我是阿爹在船上撿的。

當機船的船尾也開進了河道，那橋慢慢地降下來，在中間合攏。四周的人聲才重新響起。原來剛才不約而同、屏息凝視，像在看一場大型表演。

段河問，你呢，SARS 那年在哪裏。

連思睿說，在香港。那一年，樓價跌到插水。我阿媽買了第二層物業。我們換進了一個八百呎的單位。我阿爸說，阿媽一世人，得個「勇」字。

段河沒有接話，靜靜地看河底。連思睿說，你幾時知道我的事。

段河問，我知道什麼？

連思睿說，素昧平生，送我一尊佛。在你看來，我是有多少業呢。

過了一會兒，段河說，你為什麼不改名字。

連思睿說，我為什麼要改。改了名字，能改命嗎？

他們到了車站。卻看見一個白髮人坐在巴士站台上。阿爹見了他們，站起來，對段河說，衰仔，唔聽電話。

他將那只盒子，遞給連思睿，說，這尊觀音，我們不留。

連思睿愣住，沒有伸出手接。阿爹說，若非出佛身血，我

為你重新造一尊,你請回去。唔使留低,我已記得樣。

夜裏,連思睿將阿木照顧睡著。這才坐下來,在電腦裏輸入自己的名字。

互聯網有記憶,所有的。

五年前,震動全港的教授殺妻案,滲入了網絡的每個枝節。政府公告,媒體、論壇。那些謾罵與詛咒,被時間稀釋,仍汩汩流進毛細血管,激發了皮層,結成癮疽。都還在。

最著名的一張照片,是父親連粵名戴著頭套,手裏卻捧著那張沾滿血的浮圖。血,是她阿媽的。那頭套裏露出的眼睛,眼神並不慌張,相反,十分的平靜。日後,媒體和輿情的發展中,這張照片被多次引用,作為他冷血的佐證。

阿爸的中學同學 Uncle Leo,為他請了本港最出名的刑事律師。庭上傳召臨床心理學家,辯方供稱,被告長期患有重度抑鬱,而死者因思覺失調給予被告的壓力,屬言語暴力甚至心理虐待程度,水平介乎中等至嚴重,令其情緒控制能力受損,理性被情緒騎劫而致誤殺。

然而,在接受傳喚時,面對控方質詢,連粵名說,她活著受了許多苦,我是想讓她死的。

連思睿,終於又看到了那張照片,是她自己。在北角的診所門口,有人用紅漆噴著「殺人犯嘅女」。護士報了警,卻引來

了媒體。她想要不卑不亢地面對鏡頭，眼神卻虛了下去。那張照片，被媒體別有用心地將玻璃門上的醫生簡介，拍了特寫：

連思睿　牙科醫生

南華大學牙醫學士；南華大學牙醫碩士（義齒學）

DENTAL SURGEON B.D.S.(SC) M.D.S.(SC)

曾經令家庭驕傲的履歷，成了紅漆下的污漬。她的名字在互聯網上，被擴散開來。雖然她有一個乾淨而出色的學生時代，但還是被挖出了未婚先孕的事實。網友們樂此不疲，進而發現孩子的父親──一個以女性身份示人的畫廊策展人，在手術過程中喪生。

媒體因此而興奮，像是嗜血的鯊。他們潛伏，聞著血腥而來，終於等到了阿木。他們在一個小公園裏攔住了坐在嬰兒車裏的阿木。那是一輛特製的嬰兒車。一般的嬰兒車已經無法承載阿木的體形了。媒體們面對這個眼距過於寬闊的孩子，猶豫了一下，但是手卻沒有停。在閃光燈的耀射下，阿木原本呆滯的眼神，卻被激活了。他對著鏡頭咯咯地笑起來，甚至手舞足蹈。在他眼中，這些突如其來的陌生人，都是取悅他的玩具。

連思睿扔掉了手裏的奶瓶，撲到了嬰兒車上。她如一頭凶狠的母獸，護住自己的幼犢。多年之後，她看著八卦雜誌拍攝的照片，自己姿態狠且硬，目露凶光。是的，她很像個殺人犯的女兒。

網絡的結論是，這孩子，是這個罪惡家庭被詛咒的結果。

她沒有改名字。只要她願意，她還可以像蝸牛一樣活著。她背負著一只殼，可以遊到更遠的地方。這殼有些重，因為殼裏裝著阿木，還有過去的自己。

中午時，連思睿在廚房裏，煎薑絲，蒜粒，打開了那罐蝦醬，下鍋爆炒。那熟悉的膏腴的香味，在家裏瀰漫開來。六年了，她久違這香味，此刻竟沒有半點陌生。一忽兒，讓她產生幻覺，以為太嬤嬤還在。太嬤嬤將通菜放進鍋裏，「滋啦」一聲。小小的她，便跟在太嬤背後，嘴裏也「滋啦」一聲。太嬤說，「花雕要少放哦，通菜自己會出水！」她便跟著說，「花雕要少放哦，通菜自己會出水！」太嬤說，「通菜半熟下茨粉哦」。她跟著說，「通菜半熟下茨粉哦」。太嬤說，「放點紅椒更惹味啊」。她也跟著說，「放點紅椒更惹味啊」。

此刻，她嘴裏唸著，跟著太嬤唸完了，菜也做出來了。

連思睿用筷子夾給阿木吃。阿木吃了，兩眼生光，咿咿地叫起來。她也笑了。現在的孩子，有幾個喜歡吃蝦醬的呢。

太嬤嬤說，到底是我們連家的囡，嘴裏有數，知道「生記」的蝦醬好啊。

四

　　若不是因為段河，連思睿不知香港也有座靈隱寺。

　　段河是跟著慶師傅來的。他叫慶師傅阿爹。

　　因為慶師傅今年六十七，比段河大了將近四輪。叫阿爸年紀老了點，叫阿爺又少了點，所以就叫阿爹。

　　阿爹並非生來孤寡，原在澳門也有家有口。不過家裏人丁並不興旺，到他又是單傳。

　　沈家並不是歷來造佛像的，至於為什麼後來造佛像，箇中也有緣由。

　　澳門與粵港一樣，有清明拜山的民俗。但到關外拜山實在是近百年內才有的事。早年澳人身後大多葬在三巴門外，自連勝街、連勝馬路、沙崗至蓮花山一帶，過去都是亂葬崗。再就是鏡湖醫院一帶，後又轉至竹林寺。澳葡擴大管治後，這些地區的山墳還有後人的，便遷往關閘外蓮花莖的兩旁。但也有無人認領的。當年大三巴門外若有民居擴建，還常發現深埋的骸骨和骨壇。

　　近一百數十年間，由於鏡湖醫院建於連勝街，並設有長

亭，彼時送葬的大都到此為止，自此便由仵作運至關閘外下葬。這鏡湖醫院周邊幾條街，便被稱為「陰陽路」。淒風冷雨間，常見送殯隊伍。貧家便罷，一副薄棺，小隊吹打手便送走往生。若有錢人家，儀仗隊伍逶迤，祭帳如林，四十九日內守孝，逢七便是一番盛大法事。所以連勝馬路一帶，由此形成了頗為龐大的殯葬行業，由儀仗至棺材，由做法事的道士到打齋的僧尼。無一不有。而沈家，慶阿爹的阿爸，便是給人刻墓碑的。

沈家爺爺大名自昭。有些學問的便知道，典出《周易》，「君子以自昭明德」。連勝街上的人，沒學問，不管這麼多，都叫他昭叔。昭叔有名氣，因為自己寫得一手好魏碑。隸書和瘦金，也都似模似樣。別人家的碑匠，生意來了，往往要照主家的要求，從帖上集字，再往石上刻。他不用，提筆便寫。可逢到要墓誌銘的，還得求他來寫。這「沈家印刻」，賺主家的錢，也便一併賺了同行的錢。因為他的字寫得好，到了年關，竟還有人央他寫揮春。就有人背地裏說，寫了碑文的手寫春聯，誰貼到門上，這一整年可不好過了。可旁邊人就嗤他道，這條街上的人，哪個不是吃的死人飯，誰還嫌棄誰呢。

聽到議論，昭叔就好脾氣地笑一笑，繼續鏗鏗鏘鏘地刻自家的碑。按說有這樣的本領，昭叔的生活應該是頗為順達的。但其實不然。他們夫婦兩個，多年膝下無子。他自己倒沒什麼所謂，放不下的是她阿娘。

　　昭叔是入贅到妻家的。沈不是昭叔的本姓。他姓韓，但韓又是他的母姓。至於他的阿爸姓什麼，竟然沒有什麼人知道。連勝街上下只傳說，是廣州城的一個多情殷商。那年代，陳塘風月名聞天下。但這商人逛厭了紫洞艇，便有些嚮往濠江風月，乘船來澳門冶遊尋芳。在福隆新街執其寨廳，花符飛去，蓮步遲來。打水圍時，見到一個筵上引吭的琵琶仔金秀，驚鴻一瞥，再難忘了。兩意繾綣，即晚封相。點了大蠟燭，洞房春暖。商人情重，未幾，便給金秀贖身，納為外室。算在澳門安下了另一頭家。因多有生意往來，與金秀便作日常夫妻，恩愛甚篤。一年後金秀有了身己。商人說，若誕下麟兒，便接她回穗，從此樂享天倫。金秀便日日到女媧廟上香叩拜。可就在臨盆前，商人來澳，風闊浪大，遇上海難，整艘船沉沒了。金秀忍痛生下孩子，果真是個男孩，更覺哀慟不已。終日神思恍惚，有一日抱著孩子便出了門，再未回來。很快，就傳來其跳海殉情的消息。

　　有人便說，那日似乎在連勝街看過她。連勝街上住著一個唱譬姬，叫明香。那天晚上，聽見後院有啼哭，像是夜貓。就摸索出去，在柴房摸到一個包袱裹。便喊她男人。男人一看，是個幾月大的嬰兒。打開包袱，明香問他有什麼。男人說，有兩本書。一本竹枝詞，一本《論語》。還有張字條，上頭寫了「自昭」兩個字。明香楞一楞，大聲痛哭起來，說，是金秀姐託孤來了。

金秀和明香，自小就識，長在同一條街上。兩個女仔，家境相若，都是貧苦出身，長大後命途卻不同。金秀貌美，給賣去了福隆新街做琵琶仔。明香眼盲，卻生得好歌喉，便隨她爹沿門賣唱。明香人聰明，椰胡、月琴、三弦，樣樣使得好。聲音清婉，沿街呼叫「打琴唱嘢，有嘢唱，玉葵寶扇，夜吊秋喜……」

有一日，明香照常出門賣唱。一日唱下來，精疲力竭，不過換得「雙毫」數枚。傍晚卻遇見輕薄街少，截住她，許以重金，叫她唱《花豔離》。這是首風月小曲，內容露骨，別說是如她般稚齡瞽妹。就是上年紀的瞽師、師娘開口都唱得臉紅。但明香阿爸，只覺人窮志短，此時計較不了許多，便讓她唱。唱了沒幾句，琴聲停住。有人按住她的手，對那街少說，少爺想聽，我唱給你聽。這哪裏是清白女仔唱得的。

金秀附在明香耳邊，輕輕說，我們在人眼裏是下九流，不能看輕了自己。

以後，金秀就把明香帶在身邊，只要自己應紙出台，便讓明香跟著唱曲。因為金秀在濠江花國名聲日隆，客人裏不乏文人雅士、闊佬豪客。明香彈得唱得，有客打賞，漸漸日子也好過了許多。久之，外來的尋芳客，到福隆新街，便都要見見這對有名的阿姑和瞽妹。所謂伶不離妓，妓不離伶。明香眼看不見，但心亮。知道金秀為了幫帶自己，推卻了許多恩客來打水圍。這行池淺，哪來這麼多情重之人，都是假鳳虛凰。舅少們

做了幾回「乾煎石斑」，便另覓良枝。她想，金秀做不了紅牌阿姑，是因為自己拖累。

有一日，她便對金秀説，阿姐，我要嫁了。

金秀楞楞，問，嫁給誰呢。

明香説，沈阿祥。

金秀想了很久，説，沈阿祥是誰呢。

明香説，連勝街口的駝子。

金秀説，哦，這我倒是想起來，他們家是給人刻碑的。

明香説，是啊。都不記得他的大名，只叫他沈駝子。駝子配盲妹——正般配。

金秀説，你情願嗎？他年紀有些大了。

明香説，由得我嗎？我阿爸將我賣給他了。嫁誰不是嫁呢。

金秀説，我聽説，這個阿祥，讀過書的。他爸以前在廣州得過秀才，寫一筆好字，來澳門做寫信佬，人人都説他寫得好。

明香説，是啊，他和他爹字都寫得好。他爹寫給活人，他寫給死人。我都看不見。

金秀説，做女仔，其他都是假。有個好人家作歸宿，最重要。

明香説，阿姐是我恩人。我千盼萬盼，就盼阿姐有個好歸宿。

明香嫁給沈駝子，過了兩年生了個女。滿月時金秀來看

她，送給女女一把赤金長命鎖。金秀問，阿祥對你可好，可痛錫你？

明香點點頭。她看不到自己臉上的兩片飛紅。

金秀將她的手，輕輕放在自己隆起的肚子上。

明香手一顫，喜道，阿姐也有了身己？

她將那有障翳的眼睛使勁睜一睜，彷彿這樣的努力，就能看見。她看不見，但耳力好，她躬下身，將耳朵貼在金秀的腹部。半晌，抬頭說，阿姐，我聽到他蹬腿呢，可盼是個男仔。

金秀柔聲笑道，男女都好。女女我就教她女紅。男仔我就盼他能像他阿爸，多讀點書，能讀《論語》，能寫竹枝詞。

明香說，《論語》是什麼書。

金秀摸摸自己的肚子，說，他阿爸說，是讀通一半，就能治天下的書。

明香說，那讀通了全本，不是要中了狀元，還能當皇帝？

金秀說，這些都不求。他阿爸給他起了個名，叫白昭。就是讓自己亮堂堂地活著。

這時，明香聽到隱隱的啜泣聲。金秀拉起她的手，握住，說，阿姐也算有個歸宿了。

昭叔是吃香師娘的奶長大的。

那時候，明香的女彩雲已經斷奶。她硬是讓自己的女，將那已回去的奶給吸出來。那乳頭給吸得發紫了，這才有淡淡的奶水，一點點地滲出來。她餵昭仔喝。昭仔餓極了，使勁吸

吮，小臉給吸得通紅。明香一邊餵他，一邊感到有滾熱的水從臉上流下來。她想，這孩子來了，她才知道自己也會哭。她爹娘死了，她都沒哭。以前她娘說，女，哭出來吧，眼就亮了。

這孩子來了，她哭出來了。哭出來了，仍舊看不見，但好歹哭出來了。

昭仔剛會說話，明香給就叫駝子阿祥伯給他唸《論語》。阿祥伯說，我自己都讀不懂，怎麼給他唸呢。

明香說，那我就請先生給他唸。

阿祥說，我們這樣家的孩子，要唸什麼書呢。

明香睜一睜眼睛，斬釘截鐵地說，唸！金秀姐說，我們在人眼裏是下九流，不能看輕了自己。

昭仔讀書，一直讀到了十五歲。不但讀了《論語》，還有《孟子》、《資治通鑑》。

昭仔聰明，讀書過目不忘，朗朗上口。讀完了就背給明香聽，明香聽不懂，只覺得好聽，比自己唱的所有的曲都好聽。

阿祥伯別的教不了。但會教昭仔寫字，家裏有老秀才留下的書帖。《張猛龍碑》《曹全碑》《寒食帖》，一本接一本地臨。

明香看不見。昭仔寫完一幅。她說，仔，拿過來給我。昭仔就拿過去。明香將那白報紙放在鼻子底下，仔細聞一聞，只聞見清凜凜的墨香，分外醒腦。她說，仔仔寫得好。

昭仔就笑，説，先生先前給我講過一段古，是《聊齋》裏的。説有個盲和尚，不用看，聞一聞就能聞出文章好壞。阿媽也有這個本事呢。

明香聽了，立時變色，將那白報紙擲在地上，無聲響了。

昭仔以為是自己説錯了話，提到盲和尚，惹了明香傷心，立即跪到地上，説，兒子不孝，阿媽打我。

明香聽了，真的伸出手，重重打在他身上。她一邊哭，一邊説，你點可以叫我阿媽！教你幾多次，要叫阿娘。

昭仔也哭了，説，人家叫得阿媽，我怎麼不叫得？你養我長大，你就是我阿媽。

明香長嘆一口氣，你記住阿娘嘅説話。點都好，你在世上只有一個阿媽，姓韓，叫韓金秀！

昭仔十五歲那年，清明前，阿祥伯去山裏運碑材，被一塊大石砸中，當場命就沒了。

明香將積攢的錢，都拿出來，給他置了一副體面壽材。可是，下葬沒有墓碑。街上的同行找過來，説，一場兄弟，我給他刻，唔收錢。你間舖好頂給我，價錢好説，供仔讀書。

明香想想，説，好。

昭仔將那人推出去，説，我阿爸的碑，我來刻。

昭仔生平刻的第一副碑，是給他的駝子阿爸。「沈阿祥」三個字，用的是大隸，看過的人都驚嘆，有王侯氣派。

有人說，沈駝子算有福，自己的碑，好過他為人哋刻。

那同行又找過來。明香摸摸索索，尋出了店契，要抵給他。昭仔一把奪過來，又將那人推出去，說，阿娘，你糊塗。

明香不說話。

大清早的，昭仔見她，手裏拎著一把三弦，穿了一襲黑色師娘衫。一隻手搭在彩雲肩上，要出門樣。

昭仔攔她，她硬著肩膀要出去。她說，不頂舖，拿什麼供你讀書？阿娘唯有再沿門賣唱。

昭仔說，阿娘，我不讀書了。

明香便哭起來，說，你不讀書，我點對得起你阿媽。

昭仔說，家都要散，我的書能讀得安樂？我點對得起阿爸同阿娘。

昭仔說，有我在，「沈家印刻」不能倒。

因為昭叔，「沈家印刻」沒有倒，日益昌盛，成了連勝街上碑刻第一塊牌子。

眾人都說，昭叔比他駝子爹的手藝還要好。他刻出的碑文，字裏有魂。

他讀過的書，喝過的墨水，全都派上了用場。他寫出的墓志銘，華采斐然。

昭叔二十歲時，娶了彩雲。

彩雲人靜，模樣不靚，卻隨阿媽有副好歌喉。昭叔幹活累了，她便唱曲給他聽。「猶記月下花前同數更漏，郎情妾意你笑還羞，有陣輕摟蠻腰疑風前楊柳，你桃腮杏臉比芍藥嬌柔，秋水眼波橫春山眉峰秀，雙瞳如漆亮眉畫如鈎，皓齒紅唇未言香先透，嫦娥天降與俗客情投。」昭叔聽到耳裏，就覺得身子輕快了，手下鏗鏗鏘鏘，並不覺得累。到了夜闌人寂，周遭都靜下來。她便依偎著昭叔，再唱，「每當月白風清共把瑤琴奏，平湖秋月我地共泛輕舟，文禽有意隨舟後，游魚相送逐水流，嬌情愛我如山厚，我愛嬌情可歷千秋，笑笑歡歡郎心似酒，估道良緣天訂可永結襟綢」。

明香在隔籬屋聽著，長長嘆一口氣。這曲《吟盡楚江秋》，不知自己唱過了多少回。平常人家，哪有如此多愛恨。都是胼手胝足，踏踏實實地過日子。可一世為人，心總有這麼點綺思顧念，多少想要一些不尋常。自己過不了，就唱在曲子裏。自己唱不了，就聽別人唱。這唱著聽著，一輩子就過去了。

彩雲不唱了，明香聽見了另一些聲音，窸窸窣窣，是些喘息與輕笑。當娘的便不好再聽下去，心底卻也安慰。

小兩口婚後五年，沒有誕下一男半女。他們不急，明香卻急了。

她問昭叔，仔，你可應承過阿娘的。

昭叔問，我應承阿娘乜？

明香説，你説你把「沈家印刻」撐起來，就生一個仔。讓阿娘找先生教養，讀書識字，中狀元。

昭叔笑説，阿娘莫急，人説水到而渠成。

明香想一想，就去問彩雲。她將彩雲拉到自己身邊，問起她都是房中人事。問得細。彩雲臉紅紅，倒也都説了。明香一五一十，聽得真切，沒聽出什麼錯處，便也罷了。但又不甘心，去找郎中尋偏方。熬草藥，給小兩口飲，天天飲。草藥苦口，昭叔孝順，咕咚一口便喝下去。彩雲喝不進，昭叔拿過來，也是咕咚一口便喝下去。彩雲抹抹嘴，説，阿媽，這藥可真苦。

藥喝了五六年，「沈家印刻」盤下隔籬舖，打通了舖面。名氣大了，從沙崗傳到了竹林寺，竟還有港九的客人渡船過來。可明香看兩個小的，還是膝下孤單，更是心焦。

大約是勤於朝暮，這些年，昭叔其實有些見老。旁人就説，阿昭啊，這爿家業，總要有人繼承，畀啲心機喺彩妹度啦。

昭叔笑説，繼承乜哦？我阿娘話，我嘅仔要讀書中狀元。

旁人搖搖頭，説，依家乜年代，仲有狀元？書院就有一間兩間，都係鬼佬先生。

明香便給金秀的牌位上香更勤，一天上兩次香。她説，阿姐，你保佑昭仔，快啲生個仔。我哋兩姊妹的香火，將來讀《論

語》，寫竹枝詞，中狀元。

人哋就話，你拜金秀有乜用，她都未成仙。澳門咁多神廟，大神小仙，總有能幫到你嘅。

的而且確，澳門彈丸之地，別的不說，就是神廟多，漫天神佛。出門街盡頭就是一個社壇，一株九里香，幾片方石，供奉著社公社婆。便有人貼上一副對聯：「公公十分公道，婆婆一片婆心。」

大的有觀音堂、蓮峰廟、媽祖閣，小些的有下環福德寺、沙梨角的土地廟，都是背山面海而建。洋廟也不遑多讓。葡人在此建的天主教堂，少說也有三四百年歷史。《香山縣志》裏頭寫，「俗好施予，建寺獨多，枕近望廈村，故有東、西望洋寺，又有三巴寺、板障廟、支糧廟、風信廟、龍嵩廟、花王廟、家司欄廟、飛來寺、醫人寺、尼姑寺、望人寺、唐人寺、發瘋寺……若崇閎瑰麗，惟三巴寺為最」。這龍嵩廟正名是奧斯定堂，板障廟是聖多明我堂，花王廟是聖安東尼堂。在澳門，它們名字通稱為「廟」，都是入鄉隨俗。

明香不信洋教，便說要去中國廟。旁人就說，送子的事情，梗係去拜觀音。

明香就對彩雲說，女，我哋去觀音堂。

這觀音堂實名為普濟禪院，在望廈。望廈是福建人聚居的地方，遙望廈門的意思。福建人有錢，所以這觀音堂建得氣派軒昂，渠渠廣廈。

　　旁人就對明香説，你哋又唔係福建人，拜什麼觀音堂。應該去觀音仔。

　　觀音仔在蓮峰山腳下。蓮峰山素稱多奇石，如屏障然。山上有一天然石托，俗名「燕子巢」。燕語呢喃，故村人又稱此石山為燕嶺。曾有村人，撿得一觀音像者，置於石托之下，昔人迷信，間或向之禱拜，據云每獲奇驗，後來沐恩弟子，漸就石下，結一神龕。觀音仔，便是由這神龕擴建的，原本香火很盛。但廟地狹小，深只數尺，廣僅數桁，容納不了信眾。觀音堂建起後，便漸漸衰落。同治年重修，建了偏殿供奉諸方神聖。左右楹聯「八萬四塵連燕嶺，卅二應法普蠔江」，説的自然是淵源濫觴。廟門額書，「觀音古廟」，也是相對觀音堂，要正本清源的意思。但老輩廣東人，説慣了，仍稱「觀音仔」。

　　明香想一想，説，好，那我就等到觀音誕再去。

　　城中人談起觀音仔的靈驗，就説每於觀音誕前，都有清泉自神龕之石下流出，汩汩所經，潔淨如洗，年年如是，歷驗不爽。而這一日祭拜許願，必得償所願。

　　明香買了香燭，牽了彩雲，便去了觀音仔。這一日天氣響晴，明香看不見，但能感到陽光照在臉上，是和暖一層。空氣中也是淨爽的，還有一絲乾燥的甜，是初生樹葉的氣味。她心情好了許多。到了廟裏，有濃郁的香火味。她能聽見，信眾的默禱，嗡嗡齊鳴，如萬籟參天。她便也讓彩雲點上香燭，面對菩薩，虔敬禱告。

從觀音仔出來，明香只覺得神清氣爽。往前幾步，忽然聽到有人問，師娘係來求籤？

這才聽得彩雲拉住自己，説，阿媽，我一步沒跟上，你就周圍走，好易蕩失路嘅。

明香問，我走到哪裏了。

彩雲説，走到城隍廟裏來了。

這城隍廟是觀音仔的配殿，裏頭供的是「張大爺」，就是晚清重臣張之洞。時年，兩廣總督張之洞入奏嘉許望廈村民抗葡，很受愛戴。澳門人就將他供進了城隍廟。但明香心裏只裝了觀音菩薩，便轉身往外走。

可聽到後頭那男人聲音説，既來了，就是有緣人，何妨求一籤。師娘方才許的願，都在這籤裏呢。

明香聽見心頭一動，就站住，説，那好，我就求一籤。

男人接過籤，讀那籤詩。看明香使勁張開眼睛，眼上雖有翳，卻有灼灼之色。他便問，師娘求什麼。

明香急忙説，我求個孫。

男人説，哦，替家裏求子嗣。這籤詩上説，「回到家中寬心坐，妻兒鼓舞樂團圓」。你命中係有個孫嘅。

明香支起耳朵，要聽下文，但聽男人話語中，並無許多恭喜之色。男人又問，跟住你的這位係你新抱？

明香説，是我嘅女。

男人沉吟一下，説，能否借一步説話。

明香說，乜都講得。

男人說，借一步好說話。

男人便走過來，附在他耳仔邊說了幾句。明香「呼拉」一下站起來，道，我嘅孫將來要讀書做狀元！

男人見她洩露天機，也有些不悅，便道，呢個由唔得你。嗷嘅孫你要係唔要？

明香掏出一張葡紙，重重拍在籤台上，說，梗係要喇！

翌年秋天，彩雲誕下一個男孩，母子平安。第二日，彩雲忽來血崩，當晚過身。

明香摸著女兒漸漸失去溫度的臉，又想哭，這回卻沒有哭出來。在黑暗裏頭，她狠狠扇自己的臉。她想起城隍廟裏男人的話。他說，你諗清楚，真係要呢個孫？這孩子來時招血光，他朝必剋度。

昭叔親手給老婆刻碑，一邊刻。淚水順著滴到了碑石上。一鑿一血，待他將老婆的名字完整地刻完，已是夜半，只覺得疲累得動彈不得。他便靠著那碑，昏昏沉沉睡過去。不知睡了多久，迷迷糊糊間，聽到彩雲在耳邊悠悠唱：

　　飄零去，你都莫問前因，只見半山殘照一個愁人，去路茫茫不禁悲來陣陣，前塵惘惘惹我淚落紛紛，仍是念念不忘心相印，尚有幾回腸斷幾度銷魂……

　　他猛然睜開眼睛，沒有彩雲，只有冰冷墓碑，觸手涼。但歌聲卻還在，斷斷續續，悲意叢生。原來是阿娘在屋裏唱。打他成年，就沒有聽過阿娘唱曲。阿娘的聲音與彩雲好像。但不及彩雲清潤，是乾枯的老人聲。

　　這孩子滿月，才取名字，叫慶餘。

　　積善之家，必有慶餘。他金秀阿嬤、駝背公公，還有他阿媽的福澤，都在他身上。

五

　　若不是因為段河，連思睿不知香港也有座靈隱寺。

　　段河問過阿爹，為什麼阿爺姓韓，阿嬤姓沈。他和阿爹卻姓段。
　　阿爹說，斷了好，倏忽一生前事了。
　　段河說，那我的名字，斷河。河斷了，河水不就枯了嗎。

　　慶仔三歲才會說話，前頭些年，都以為他是啞的。
　　一張口，不是叫阿爸，也不是叫阿嬤。先是聽不分明，再聽，卻很熟悉。
　　明香聽了一會，說，昭，他是學你刻碑的聲音。
　　昭叔也仔細聽，原來他舌下顫動，發出的真是「鏗鏗鏘鏘」的聲響。

　　因為沒娘教養，阿嬤又盲，昭叔整天將慶仔帶在身邊。彩雲身後，昭叔變得更為寡言。生意來往，少了寒暄。客讓做什麼，本分做了就是。他做事，慶仔就在旁邊看。有一日，慶仔蹲在地上，吃一塊砵仔糕，對著新製的墓碑唸，先考梁

諱錫嶝……

　昭叔吃了一驚，因為這個「嶝」字是很生僻的字，漫說一個五歲孩童，許多成人都未必認識。他便問慶仔。慶仔吮著手指說，先前有個墓誌銘，聽阿爸讀過一遍，裏頭有這個字。

　昭叔就更驚奇了，卻已回憶不起是誰家的墓誌銘。他便胡亂在周圍墓碑上點了幾個不常見的字。慶仔都一一認出來。他看著兒子，彷彿看個陌生孩子。一面欣慰，但同時發現了幾年來心灰意冷，對慶仔教養的疏忽。兒子識字，竟然大半都是靠自己從碑文上看來記得的。

　其實慶仔聰慧，明香早就知道。

　彩雲過身後，她沒了陪伴，同以往一個唱曲的老姊妹學會了抽煙。雲南青馬壩的烤煙，味道很衝。但因為味道衝，卻醉人，她便可忘了許多事。這煙的醉勁兒上來，她便拉起弦子，唱南音。一把老腔，混著煙嗓，只唱給自己。

　　聞擊析，鼓三更，只見江楓漁火照住愁人。幾度徘徊思往事，勸嬌唔該好咁癡心。風塵不少憐香客，羅綺還多惜玉人。

　這時，一股煙酸氣湧上了喉頭，她劇烈地咳嗽起來，不能自已。咳嗽著，聽到身邊有人接上了她的唱。

「你話煙花誰不貪豪富，做乜你偏把多情嚮往小生，況且我窮途作客囊如洗，擲錦纏頭愧未能。」這聲音就在身邊，腔如她，老氣橫秋，卻是一把清脆童音。她聽聽便呆了，問，你係邊個？

那聲音說，我係慶仔。

她抬手摸一摸，摸到粉嘟嘟的小臉。她想，是慶仔，這孩子話都還說不囫圇呢。

這曲《客途秋恨》，地水音，難唱。當年阿爸教她，沒少打折柳藤條，只說她唱裏無情。如今，這孩子不知幾時聽了自己唱，便學了個字正腔圓，情深款款。

她清一清嗓，開口唱，「思往事，記惺忪，看燈人異去年容」，唱一句，特意停低。就聽見那童音在身邊唱，「可恨鶯兒頻喚夢，情絲輕裊斷魂空」。

她再唱，「凌波路，古城蔭，雙攜舊地獨自重尋」。停低，童音起，「春山無恙人銷黯，山無尋處舊結既同心，同心一結應無憾，怎解想思無計托青禽」。

她再唱，「今日關山遠隔情何痛，往事如煙怨碧翁」，童音起，「懷人不見又係難成夢，復我愁倍重，音問憑誰送，唯將離愁別緒譜入絲桐」。

明香放下弦子，那煙醉醒了。原本只是遊戲，東一曲，西一曲；你一句，我一句。這孩子全都接上來。可是她心裏一陣疼，聽見在孩子的唱裏，是個有過往的人才有的腔。她將孩子

攬過來，那臉上，仍是觸手的暖。她想，他不是學了自己的唱，是這小小身體裏，本來裝了一顆老魂靈。

昭叔將慶仔識字的事跟她說，說雖然年紀小，倒也可以開蒙，省得跟自己學了四不像。明香就話，好，我嘅孫，命中要做狀元。

昭叔便道，阿娘我和你說過好多次，皇帝一早都沒了，哪還有什麼狀元。現今的細路，都是上小學校。

明香楞楞，那公祠辦的社學、義塾呢？

昭叔說，先生都老了，七七八八都散咗。

明香呼啦站起身，說道，你唔好將我的孫送去葡國鬼辦的小學校。他們不會唸《論語》。

慶仔讀的小學，離家不遠，就在鏡湖路上。這是間華人學校，有先生教《論語》。先生山東口音，自稱孔聖人的後人。慶仔回來就搖頭晃腦地唸。明香聽了皺眉頭，說，呢係乜南腔北調，教壞細路。

其實，因她不出門，確實不知道，此時的澳門，已非昨日。多了許多南來北往的人。先是避日本人的。說中國話的地方，就兩處沒鬧東洋鬼子。一個是廣州灣，一個是澳門。這裏可不就是南腔北調。抗戰過去，多了許多新人新事，街面上也熱鬧了不少，亦是她所看不見的。她能聽見的，還就是自家作

坊的鏗鏗鏘鏘，連勝街上的吹吹打打。也是，哪朝哪代，該死的不該死的人，都還是得死不是。

　　慶仔唸了幾天書，忽然就不想唸了。先生唸一遍，他就記得住，返屋企正好交差。走堂便在街上逛，看有人在街上演活報劇，都穿一身綠軍裝，紅袖章。演完了就在街上遊行，慶仔也跟著走。走著走著，擦肩而過另一支隊伍，是個送葬的隊伍。前面有兩個打齋的和尚，一老一少。不知怎麼，慶仔就跟上了他們。在鏡湖長亭，停下來。那老和尚圍著棺材轉一圈，又一圈，口中喃喃。唸完了，這邊的吹鼓手便又是喧闐聲響，喪家接著哭哭啼啼。

　　兩個和尚望三巴的方向去，慶仔仍然跟著他們。嘴裏嘰哩咕嚕。只見那老和尚，猛一轉身，問他，你唸什麼。

　　慶仔說，你方才唸什麼，我就唸什麼。

　　老和尚說，我唸的是《地藏經》。

　　慶仔望著他，也不怵，說，我唸的也是。

　　老和尚哈哈大笑，說，那你給我唸一唸。

　　慶仔張口就唸，若未來世有諸人等，衣食不足，求者乖願，或多病疾，……

　　老和尚開始還笑，待聽到「若未來世眾生等，或夢或寐」漸漸沒有了笑容，他問慶仔，你家有人持齋信佛？

　　慶仔搖頭。他又問，那你跟誰學的。

慶仔說，跟你。你唸一遍，我就跟你唸一遍。

老和尚望著這細路，半晌張口道，不可打誑語。

慶仔說，乜誑語？

旁邊的小和尚說，我師父說，做人不能說大話，要畀雷劈。

老和尚瞪徒弟一眼，合十道，罪過罪過。

這時候餘暉收斂，暮色低沉。慶仔大叫一聲，弊！我阿嬤要惱我，翻屋企食飯先。

老和尚行前幾步，問，你係邊度的細路。

慶仔忙著跑，頭也不回說，「沈家印刻」。

昭叔見兒子回家，也不大聲朗朗地背古文，也不看自己刻碑。眼睛沒神采，嘴裏默默自語。隔籬屋的明香說，吟吟沉沉，好似唸經噉。

慶仔說，阿嬤講得啱，我就是唸緊經。

明香心裏動動，問，乜經。

慶仔說，《地藏經》。

他說完，就跑了出去。

明香慢慢站起身，手在空中抓一下，又緩緩坐下去。

晚上，昭叔聽到院落裏頭，鏗鏗鏘鏘有聲響。披上衣服出去看，看自己嘅仔，拿著鑿刀，在鑿一塊石頭。他只當小孩子玩鬧，說，阿爸唔趕住你幫手生意，小心整傷手。

慶仔抬起頭，看著他，眼裏空洞無內容，像看一個陌生人。看一眼，又重低下頭，鏗鏗鏘鏘。昭叔心下莫名一沉，但搖搖頭，回屋去了。

但第二天晚上，院落裏又是鏗鏗鏘鏘。萬籟俱寂，這鏗鏘聲每一下都好像砸在他心上，繼而傳去很悠遠的地方。

小學校裏的老師找昭叔，說慶仔三天都沒來上課。開了病假條，小孩子頭疼腦熱，沒有大礙罷。

昭叔看那字條上，是自己的字，秀拔的好瘦金。但不是自己寫的。

慶仔每天早上，照樣背著書包去上學。昭叔便跟上他，見他鬧市靜塘，目不斜視。待走到連勝馬路，忽見市中一片蔥蘢。慶仔人影一閃，便不見了。

昭叔站在竹林寺前，腳卻不由停住。連勝街上行走了半輩子，這間寺廟竟未進去過一次。他記得小時跟駝子阿爸去送貨，每每路過，阿爸都催他快走，說裏面「好猛」。

廣東人說好猛，是指魍魎縈繞。這間寺院，何以有這樣的傳說。竹林寺所在的沙崗，原為城郭墦地，多的是纍纍青塚。打同治年開始，有葡人闢路，遷墳毀骨，建屋成衢。這裏先是建起一道觀，叫祥雲仙院，道長蔡紫薇。後來廣州華林寺來了個堅性老和尚，在澳闈揚佛法，覓地建寺。這蔡道長無意潛修，就將道觀拱手相讓，玉成善舉，就有了竹林寺。

　　如今門額上鐫著「紫竹林」。底下斑駁門聯卻還是道觀時的：「金天皆化日，玉洞露長春。」

　　說來也奇，做道觀時沒有什麼。竹林寺建起來，倒是好香火。但不知為何，怪事也多起來。周邊時見靈魅，嚇親婦孺。就有傳說，寺裏供了太多的長生祿位，那百多年前無主鬼魂，聞風而至，聚集於此，分享孝子賢孫們進奉的香火。昭叔倒從駝子阿爹那裏聽了另一個傳說。這堅性老和尚是辛亥年而來。是年春天，爆發了廣州起義，除安葬在黃花崗的七十二烈士，還有無計烈血英魂。這老和尚便斂了這些魂魄，帶來澳門超度。有那不屈不甘的，含恨不去，便在這竹林寺盤桓。

　　無論如何，昭叔見親仔走了進去，心裏打著鼓，一邊就走了進去。

　　因是清晨，寺內倒很清幽。一個小和尚，在地上打掃前夜落下的竹葉。見他進去，挽了掃帚，合了個十，並不阻他。寺院不大，因為早，殿門也都關著。他找了一圈未找見，心裏著急，不禁叫起慶仔的名字。

　　這時聽到有門吱呀一聲，他回過頭，見身後大殿裏走出一個老和尚，對他致禮說，檀越，請。

　　他走進大殿，聞見空氣中殘餘的香火味，也涼下來。晨光照進來，籠在大佛上，溫暖清澈。也照在一個小人兒身上，是他的兒子。

這小人兒坐在蒲團上，面前擱個小凳子，凳子上鋪著宣紙。腳邊還有數張。

每一張上，都是佛像。他看兒子小小的手，執筆，落在紙上，線條柔暢。他看見那筆端正為準提菩薩點上瞳人。那菩薩便倏然看著他，目光慈濟。

他抬起頭，大殿上的金身三聖，都俯身看向他。阿彌陀佛、觀音菩薩、大勢至菩薩，四面八方，音容慈悲。

慶仔鏗鏗鏘鏘，雕成了一尊佛。他白天臨摹佛像，晚上照著雕刻。刻刀始終是用得不熟練。佛雕出來了，但崩裂了一隻眼。佛未有瞳，卻像滿蓄了淚水。

昭叔發現了這尊佛，他告訴明香。明香摸一摸，撫摸到了佛的手印與衣襞的褶皺。觸手的涼。雕工不很好，還帶著銳利的邊緣，劃得她的手指有些痛。

她想起遙遠午後，城隍廟那個解籤的男人。

她握住昭叔的手，說，昭，你想留住慶仔嗎？

昭叔不解，但卻也握緊阿娘的手。

明香張大了眼睛，說，我們刻不得碑了。

昭叔心裏「咯噔」一下。他駕輕就熟的工作，已有近兩個月的時間，頻出現差池。不是少刻了筆劃，便是將主家的姓名刻錯。因此屢遭到客人的投訴，甚至得罪了當地的地頭蛇，賠進了半年的收入。痛定思痛，他將這些，歸因於自己太過勞

累。他並未將這些告訴阿娘，怕她擔心。

明香慢慢説道，聲音乾枯。她説，阿娘求你，我們改行吧。

昭叔一家在秋天時關了「沈家印刻」，也搬了家，離開了住了幾代人的連勝街。

如同整條連勝街，都是做白事的生意。澳門人有同業扎堆的習慣。

他們祖孫三個人，就在木橋街住下來。這裏世代住著傳統的手藝人，舖頭間都有合作。有造牌匾招牌的，就有造漆油的；有造神位的，就有造神龕神枱的。

沈家人，就開了間「慶記神像」。

「慶記」的生意，也曾經是好的。如這條街的街坊，都是做的水上人的生意。有的造裝船，有的造船纜。漁民們風裏來，雨裏去，居無定所，心裏還是有一些想頭和願景。要魚獲豐收，要風調雨順。所以，每條船上都要供媽祖的。供媽祖的人家多，也有的供金花娘娘，昭叔就請師傅造了倒模，用泥和棉花造胎燒製，批灰上漆，入爐燒出就好了。另外，如陸上人家，家裏要供先輩的神主牌位。水上人也供。但因為不識字，他們要祭拜，多半是拿了家裏先人的畫像，來「慶記」造神像。一樣是小小的泥胎，須畫上眉眼。一兩指寬的公仔臉上，五官自然是有些囫圇的，千人一面。昭叔心裏不過意，往往自己另

送一個神牌，問清楚先人名姓，像往日刻碑，規規矩矩寫好，一同贈與主家。那些漁民雖看不懂，見那墨黑工整的字，只覺受到尊重與優待，千恩萬謝的。一傳十，十傳百，找他造神像的，就更多了。活兒多了，慶仔就説，阿爸我幫你畫。

昭叔甕聲道，讀好你的書，家裏的活兒不用你管。

可有年清明，有相熟的水上人，帶了新鮮的魚貨上門。謝他説給先人造的神像「樣好似」，在家裏顯了靈，一年都順風順水，仔女都好生性，考上了華僑大學。臨走説，「仲靈過媽祖」。昭叔覺得受之有愧，因為並未對這個漁民格外上心。但謝他的人，漸多起來。他一留心，檢點做好的，發現有幾尊眉眼格外生動的，並非出於自己之手。

晚上，他看作坊的燈亮著一盞小燈，慶仔湊在燈底下，對著那些照片，在給公仔畫眉眼。昭叔走進去，張張口。慶仔停下筆，也張一張口。他説，阿爸，我沒畫佛像。

昭叔心裏疼一下，這是明香給兒子下的一道戒令。

家裏説接佛像的活兒的。如來佛祖、觀音大世，都接。昭叔只會拉坯製模，比起水上人的神像，這是很精細的活兒。胎造好了，他不會畫、不會設色，但寧願搭錢，從隔鄰的新埗頭街請畫工來做。阿娘説，凡是佛像的活兒，都要接。

造好一尊，送出一尊，他便要通報。他説，阿娘，造了一尊送子觀音。

明香在裏屋聽見了，摸索著，從櫃桶裏拿出一塊硬紙皮，

拿針錐在上頭扎上一個窿。

　　隔開幾年，家裏的生意有了變化。大約是水上人的生活不如以往。原本水上人，四海為家。港澳之間都是自己人的往來，包括珠江口的坦洲人。後來建了人民公社，漁民也要加入，便少了可供自己支配的經濟。再過幾年破四舊，船上便更不可有神像神牌。有大陸漁民託澳門的親戚問他，可會製主席像，現在船上都擺一尊。他問，主席是神嗎？對方搖搖頭，又點點頭。他便說，不是神，我就不會製了。他仍然接佛像造。這時候，木橋街上倒是多了一些木雕師傅和畫師，手藝都很好，收得也平宜。多半是大陸輾轉來的，在門口擔張凳做散工。他們說如今大陸的廟宇都砸的砸，燒的燒。他們一身本事，無用武之地了。

　　慶仔是在一個午後失蹤的。那年他讀高二，兩天沒回家。昭叔沿著木橋街找，一直找去了氹仔，都沒有找見。一個鄰居說，在他們家老舖附近見過慶仔，跟著一個和尚走。
　　他心裏緊一緊，便趕去了連勝馬路，望見竹林寺便走進去。
　　寺內仍是修竹成蔭，一片蔥蘢，見到一個青年僧人，正在掃前夜落在地上的竹葉。
　　他急火攻心，一把拽著和尚，說，我兒子呢？
　　青年僧人搖搖頭。

他再問，那老和尚呢，我要見他。

青年僧人雙手合十，正色道，我師父昨日圓寂了。

昭叔慢慢鬆開手。這時候，他聽見遠處傳來杳杳的鐘聲，一聲又一聲。由遠及近，由近及遠。

二十多年後，慶師傅回到木橋街時，頭髮裏留著戒疤。

段河告訴連思睿，那疤燙得很深，每到梅雨天，暑氣潮濕，阿爹頭頂都會隱隱作痛。

這時濠江風景，已物是人非，或者人物皆非。木橋街隔籬的新埗頭街，舊屋重建，往後退了一尺半，整條街面寬闊了不少。然而，木橋街都是老房子老舖，手藝式微，產權還在。舖面後頭連著人家，只開半道門，是為日常。在這一派蕭條裏，有一日「慶記神像」卻換上了新招牌。

街坊們多少有點奇怪，因為都知前兩年這舖裏的老闆病歿了。如今只有個盲眼的香婆婆。

他們看見個陌生的中年人，往來門前。説是陌生，但又有幾分眼熟。這清瘦的人，兩鬢有霜。後來有人終於想起來，是多年前離家未歸的慶仔。但是問起來，並不姓沈，只說自己姓段。名中亦有一個慶字，叫段慶年。

慶師傅造佛像，只造木雕。這作坊裏，平日間傳出的，除了沉頓的鋸木與砂紙打磨的聲音，便是若有若無的木香氣。在

陰雨天分外濃烈，有人説是樟木，有人説是檜木，也有人説是柚木。招牌掛上了，門卻關著，並不見進出的人做生意。

這一日，竹林寺新立的大佛開光，各地信眾共襄盛事。

住持領頌經文，敲擊鐘磬。僧眾便要將固定大佛的繩纜拆除。這時，就看到一個人衝到前頭，説，唔好拆，大佛會倒。

眾人看這人形容乾瘦，頭髮半長，鬍子拉碴。身上的汗衫發出酸腐氣，在肩膊上還有兩個破洞。人們見他手舞足蹈的，以為是個癲漢，並不理睬。住持拿起手刀，要砍繩纜。那男人衝上去，抱住他，説，會倒。

信眾噓聲四起，幾個和尚走過來，將男人拖到了外面去。男人嘴裏只是胡亂喊著，會倒啊。唔好拆。

住持拉住那繩纜，使了一把陰力。他心下一沉，對僧眾道，慢著。

他問男人，你話大佛會倒，何解？

男人説，這大佛的中軸，已經扭曲咗。

住持望一眼，只覺得大佛坐得端端正正，砥實得很。旁邊一個信眾就説，講笑，你肉眼凡胎，如何能看見佛身裏頭呢。

男人抬起頭，篤定地説，我能看得到。

住持沉吟，半晌才合十説，阿彌陀佛。今日的開光儀式暫停，擇日再續。

這尊大佛內裏的中軸，果然是扭曲的。

用滑輪升起了大佛，施工的人看到了，都覺得觸目驚心。十五呎高的大佛，若就這麼倒下來，信眾湧湧，後果不堪設想。

住持問男人，有沒有法子補救。

男人看看他，說，你信我？

住持點點頭。男人道，中軸之所以扭曲，是因為蓮花座並非整塊木材，鑲拼而成是不承力的。而這主軸只是一支木方。若我來做，就用上好的柚木做中軸，外圍包上鐵筒，做成「出水蓮花」。以蓮花托起佛座，鐵筒用爆炸螺絲固定在地面，就算六級地震都唔受影響。

住持說，好，我就交給你做。

男人說，你點解信我？

住持點點頭，因為我記得你。

他請男人到他禪房，從櫃桶裏拿出一沓發黃的宣紙。展開來，都是一幅幅佛像。他說，師父一直留著你畫的佛像。他圓寂前，我問，這些佛像怎麼辦。他說，留著，等你回來。

師父畫佛，是跟師祖堅性和尚學的，也受過羅寶珊的點撥。他這輩子，只教過一個人，就是你。這些畫，物歸原主，你都拿回去吧。

慶師傅和竹林寺住持雲行法師的淵源，外人不瞭解。但後來，竹林寺和寺方信眾的佛像，都由慶師傅來造。

慶師傅製成一尊水月觀音，盛夏午後，給住在路環林茂塘的居士送去。路環，山長水遠。當他返程時，已見斜陽。就取道筷子基，想抄條近路。經過荔枝灣，見被廢棄的大型船廠，隱於山水之間。他看那三枝高大吊船架，直直伸向天空，像將那霞蔚雲靄裁切開來。裂縫間透射出了一縷光，灼了他的眼睛。他不禁站定了。這時候，聽見了嬰兒的啼哭。他怔了一下，仔細聽，啼哭卻又沒有了。他搖搖頭，想這荒郊哪裏會有孩子，大概是野狐之類的，聽錯了。便又往前走，卻又聽見了哭聲，比方才更加大，聲嘶力竭。

他終於循聲找過去，踏著一地的碎木和鐵枝，空氣中有發酸的鏽蝕的氣息。終於他看到一艘破舊的藍色快艇，用鐵煉半吊在空中。那哭聲是從這小艇傳出來的。

當慶師傅看到那個嬰兒時，他不哭了，只是看著這男人。彼此對視一下，嬰兒忽然笑了。他甚至沒有一個繈褓，只是草草地裹在骯髒的窗簾布裏。那窗簾已經褪色，上面依稀看得出是重疊的海星。慶師傅爬進小艇，抱起那孩子。小艇顛簸了一下，在空中蕩漾。一左一右，一右一左，他們好像在洶湧的海潮裏了。

慶師傅將嬰兒抱到了香婆婆面前。

明香伸出乾枯的手，在孩子的臉上摸一摸。她無聲地笑了。因為只剩上下兩顆牙齒，被烤煙熏得黝黑。為了防止漏

風，她緊緊抿上嘴，使勁地說，這也算是你的後。

　　然後她用力地跟上一句，記得讓他讀書，讀《論語》，考狀元。

　　說完這一切，她大笑起來，笑得前仰後合。忽然她劇烈地咳嗽了幾聲，咳著咳著，就闔上了眼睛。

　　段河身份證上，寫著這一天，當作他的生日。

　　這一天他也要給香婆婆上香。慶阿爹說，太嬤嬤再多活一個月，就整一百歲了，為你斷在了九十九。

六

若不是因為段河，連思睿不知香港也有座靈隱寺。

連思睿將這些告訴連粵名。她看見，父親沉默了一會，說，我後生嗰時，你太阿嬤有陣時，愛看一齣大陸電視劇，叫《濟公》。我就跟著看。有一集，說濟公在靈隱寺出了家。他再回家。父母雙亡，家裏給管家霸佔，他被趕了出來。走到野外，看到他未過門的老婆，人已癲咗。坐在荒地，用梳子梳一把野草，嘴裏唸，婆婆，媳婦給你梳頭。

連思睿問，後來呢。

連粵名說，後來濟公就使法力，把他們家宅子一把火燒掉了。你太嬤就一拍大腿，說，燒得好。再後來，濟公就到處雲遊去了。

連思睿看父親，原本稀薄的頭髮，剃光了，倒比原先年輕了些。但頭頂又泛起了淺淺發碴，像是棲著一隻水墨畫的盤身沉睡的貓。她把阿木抱在自己膝蓋上。阿木對著他阿公嘻嘻笑。連粵名說，我嘅孫又長大了。

阿木隔著玻璃，忽然將手伸出，貼在探視窗的玻璃上。連

粵名也伸出手，貼在他的小手上。隔著玻璃，一大一小兩隻手就緊緊貼在了一起。

連粵名眼睛一熱，模糊了。他將眼鏡摘下來，在衣角上擦一擦，再戴上。他仔細端詳阿木，說，兩三年，我都未見過他沒戴口罩嘅樣。

連思睿笑說，唔使睇，就是林昭當年嘅樣。

連粵名看女兒笑，眼神裏憂心忡忡。他說，你在外頭都好？

連思睿說，我還好。但外頭不大好。阿爸，這幾年你在裏面，沒看過的很多，也躲過了很多。是好事。

　

說完，她從包裹掏出那封委託書。連粵名也不細看，直接翻到後頭簽上了名。連思睿問，你確定要賣了這個物業給阿弟？

連粵名說，他要結婚。不賣，怎麼在紐約買樓，難道讓他瞓街？

連思睿將委託書裝起來，說，那倒不至於。他上班那家 IT 公司，薪水都幾高。

連粵名猶豫了一下，說，女，何翠苑那頭，我也想賣了。你也好安一頭家。

連思睿的嘴角抖動一下。她咬咬牙，說，連粵名，你唔好以為依家交代後事，就可以痛痛快快去了斷。我要等你好好地出來，正經繼承你嘅遺產。

連粵名低下頭，半晌不再說話。連思睿看見父親，額角的青筋勃起，如同若干年前隱忍而緘默的樣子。

阿爸。她說。

連粵名再抬起頭，看見女兒手裏捧著一只核桃。打開來兩半，裏面藏著一個小人。再仔細看，原來是一尊極小的觀音。

阿爸。她說，你記唔記得，我小時候你教我背《核舟記》。我以為都是人做出的故事。你看，再難的事，誰又說做不到呢。

連思睿問段河，那枚核桃觀音，是不是阿爹刻的。

段河說，唔知。

她又問，那麼，又是誰放進那尊德化瓷的觀音裏的呢。

慶師傅用核桃雕刻觀音，是跟一個女人學的。女人姓段。

那時，他還叫延慶，是他的法號。他從晉中一路南下，進入蘇州吳縣。步履勞頓，連行兩日，彷彿下不完的人雨，他只緣著太湖邊走。只覺得頭皮一陣陰陰痛。雨水順著他長而打結的頭髮，冰涼地滲進去，那戒疤卻是灼灼的，燒得他心裏一緊。

他想他和師兄弟們給趕出山門的黃昏，也是下著大雨。他回過頭，尚看見戴著紅袖箍的年輕人，正將大勢至菩薩身上的金箔一片片鑿下來。菩薩便露出斑駁土色。韋陀給扔到了山門外頭，惡形惡狀，原來也是泥胎，被踏上一腳，泥濘裏頭是稻草。從那天開始，凡陰雨天，他頭上的戒疤就火燒火燎。

他想，這樣也好，至少讓他不敢慢下腳。雨太大，他的眼睛睜不開，只見面前是一片澤國。茫茫瀚瀚，那湖面似乎越來越大，不見盡頭。他的頭不再那麼疼了，眼前卻也模糊。

待他醒過來，幽明燈火裏，看見一個細長身影站起身來，用吳儂語喚。便有另一身影遠遠地靠近。他看清楚，是一老一少兩個人，父女倆。

女孩端過來一碗，讓他手捧著。他喝一口，是熬了薑的紅糖水。他抬眼看，女孩梳著獨辮子，是江南人細長的眼睛，眼仁青凌凌。

老的那個，回頭望他一望，說，你睡了整一天一夜。說話間，手沒停，手指間飛快，葦草在手裏騰挪，在編一只筐。

他望向外頭，天陰沉沉。老人說，囡，去做午飯。

他想，原來是中午了。外面還黢黑的，聽到嘩啦啦的水聲，水流從屋瓦上流下來，像是一道簾幕。老人放下手裏的活，站在門邊說，這雨，要下到啥辰光。

他後來知道，這一條村的人，都姓段。

雨季時，太湖水漲。整條村便遭水淹，無田可耕，是不得已的農閒。人便鎮日待在家裏，做些編製手工的細活，漸漸也都發展出產業，可以換工分。淖裏有豐盛的葦草，水塘後細竹成林，材料是不缺的。

段大叔和閨女段九菱，下晌午，便坐在簷子底下，不聲不

語，手不停。

待他能起身，段大叔將一疊衣服給他捧過來，說，都洗乾淨了。一直不見太陽，用火烤乾。

他看自己身穿的是手織的粗布衫褲。洗好的衣服裏，有一件內著僧綺，靠襯磨破處，密密用線補好了。他換上衣裳，走到門跟前，望一望外頭。

段大叔說，這雨十天半月不會停，住些日子再走吧。

他不出聲。段大叔問，你叫什麼。

他張一張口，終於想起自己的俗家名字，就回，慶餘。

段大叔說，積善之家，必有慶餘。好名字。

他看見牆上掛著一面鏡，鏡子上燙著紅色的毛主席語錄。鏡裏頭影影綽綽一個人，是自己。一頭亂髮給剃掉了，剩下個頭光面淨。他看見了什麼，下意識用手遮在了頭頂。

他聽到一把清脆的女聲，說，別動。

但已經遲了，手上黏膩膩。

段大叔說，就是頭上的戒疤化了膿，你才燒得醒不過來。燙得這麼深，你師父下手狠，沒打算讓你還俗。

段九菱走過去，將一只蛤蜊殼放在他手裏。打開，雪白的一層膏，裏面是淺淺的豬油味。

段大叔說，我們這裏的和尚，自來出家不離家。不像你們給趕了出來，就無家可歸了。

段九菱洗淨手，用指頭從蛤蜊殼摳出一小塊豬油，在他頭

頂輕輕點。很輕，掠過便是星星點點的溫熱。這溫熱順著他的頭皮，沿著全身傳下來，他就不這麼冷了。

待他頭上長出薄薄的一層發碴，還沒有走。村裏人，知道他們家裏來了個親戚，是九菱的遠房堂哥。都跟著九菱，喚他阿慶。

他不說話，人人當他啞，卻又看到他的勤快俐落。雨季過去，太湖湖面水降下去，淹沒的村莊慢慢現出來。他白天下地。傍晚收了工，編織的活，他從旁看一遍，便就會了，坐在簷底下幫九菱編織。手快如梭，天未黑透便是一只籃。

九菱不禁停下來，看著他編，說，真是一對好手。

夜裏頭，就著燈，他們吃飯。九菱用自家米酒醃的活嗆蝦，給段大叔盛上一碗酒。米酒的後勁大，段大叔倏忽有了醉意，搖晃下身子。嘴裏過了個門，像是嘈嘈切切絲弦聲。便唱，「他笑你種桃栽李惜春光，難耐黃卷與青燈；他笑我富貴榮華不在意，冷淡仕途薄功名……」一把蒼聲，阿慶想，這是彈詞啊。本該是他陌生的，為什麼又覺著熟悉。

九菱把門掩上，說，阿爹，快別唱了，給人聽到，又該說我們家落後了。

話音剛落，卻聽見另一把聲音幽幽起，「懷人不見又係難成夢，復我愁倍重，音問憑誰送，唯將離愁別緒譜入絲桐」。阿慶閉上眼睛，想的是阿嬤在身邊。阿嬤一句，他一句。一祖一

孫，都是把老腔。

九菱和爹對望一眼，不再說話，由他將這首南音唱完。九菱也想，這唱的是什麼，沒聽過，卻好像早就聽過。

段大叔走到屋子角落裏，坐下來，不知從哪裏尋來一截木頭，坐下將木頭夾在腿間，便是雕雕鑿鑿。不知是什麼木頭，應那叮叮噹噹聲，一股清凜的氣息在屋裏蕩漾開來。

第二日，阿慶去田裏上工。看見桌上擺著他昨晚編的籃子，裏頭是給他帶的飯。蒙在籃上的是塊青印花布，上頭棲著一隻碧綠的紡織娘，怕是昨晚進來的。他想，怪不得聽了整夜蟲鳴。他揮手趕那紡織娘，卻趕不走。再定睛看，原來薄如紙的竹皮編成，青翠帶露，像真的一樣。

這年雨季，太湖水泛。水退了，還趕得上播種插晚稻。插秧是力氣活兒，心還得細，一天下來腰酸背痛。段大叔有老風濕，到了後半晌，便頂不住。阿慶讓他歇著，自己繼續做。腳踩在泥濘裏，沒下半條腿，再拔出來，又要一把力氣。

忽然，他覺得腳底砥實，一個楞神，只覺踩在石頭上。他想把石頭摳出來，防它壓了秧苗。手插下去，卻摸到凹凸的邊緣。他摸索著，一點點地，把它從泥濘裏拔出來，比石頭輕，原來是一塊木。他仔細看，木竟然有眉目。他想著，就把這塊木放到田邊的水渠裏洗。洗著洗著，眼睛卻放大了。他向四周

小心望一望，這才蹲下身來，用指甲一點點地將縫隙裏的泥巴
摳下來。這塊木的面目清晰了，舒展了。在暮色裏頭，他對這
木頭雙手合十，默念，然後將它藏在水田邊的蒲草中。

　　他遠眺一下，太湖的湖岸，離這水田不過百米。這塊木，
應該是大水時，被湖水帶來。他看那浩淼的水，想，大概是從
很遙遠的地方帶來的吧。

　　段大叔看見他從懷裏頭，將這尊木雕的水月觀音拿出來。

　　段大叔呼拉站起來，説，你怎麼把「四舊」往我家裏帶，
知道會出人命的嗎。

　　阿慶跪下來，説，我一個出家人，見了菩薩不救，由她爛
在地裏？多謝大叔這些天的照顧，我也該走了。菩薩我帶走，
累不得您半分。

　　段大叔説，你當真要走？

　　阿慶説，這菩薩，是來喚我的。

　　段大叔哈哈大笑，説，你説，這菩薩是來喚你的？

　　阿慶堅定點一點頭。

　　大叔忽然正色，説，你跟我來。

　　他跟著，走到了後廚，大叔抱開了角落裏的柴火堆。現出
一口大瓦缸。大叔將蓋子揭開，叫他往裏頭看。光線昏暗，他
看不清，只聞到一股朽木氣息，從缸裏冒出來，有些衝鼻。

　　大叔躬下身，將缸裏的拿出來，擺在灶台上。

他站在原地，動彈不得，如石化一般。原來是型態各異的觀音。大叔擺一尊，就面對菩薩合一個十。灶台上擺滿了，便又擺在窗台上。楊柳觀音，瀧見觀音，圓光觀音，一葉觀音，岩戶觀音，葉衣觀音，六時觀音，普照觀音，魚籃觀音，不二觀音，持蓮觀音。阿慶數一數，統共三十七尊。

這些菩薩大多身體斑駁，有經長期水浸黴黑的痕跡，有的殘缺，但一樣有慈濟音容，是同一尊菩薩無盡的化身。

段大叔將阿慶手裏那尊水月觀音接過來，擦一擦，也擺上去。他說，那天，小將走以後，碼頭上都漂著這些木菩薩。太湖潮漲，他們就升上來，潮退，他們就降下去。許多天了，也沒有被沖走。

我就趁著天擦黑，把它們撈起來，接回家。每次只敢接一尊，用了兩個月。村裏人望著空蕩蕩的碼頭，都說，菩薩到底都走了，去了西方極樂。

阿慶說，您不擔心被發現嗎，這麼多「四舊」。

段大叔目光落在那水月觀音上，說，這些菩薩是我雕的，捨不得。

阿慶不禁驚異，問，您雕的？

段大叔說，你看這魚籃觀音，是我爹雕的，一刀一刻。村裏家家的佛像，都是我們家雕的。連崇濟寺大雄寶殿裏的菩薩，也是呢。

　　阿慶在吳縣香山段家村學雕的最後一尊菩薩，是尊蓮臥觀音，不是跟段大叔學的，是跟九菱。

　　雕這尊菩薩，不用鑿，也不用刀。而是用極小的銀針和錐子。觀音坐在一枚打開的核桃殼裏。觀音法衣的衣袂和蓮座的花瓣，甚至手持的念珠，毫微畢現。

　　雕完這尊觀音後，九菱便出嫁了。

七

　　慶師傅為連思睿製的滴水觀音，整尊是青銅的，唯獨臉相由柚木雕成。慶師傅說，木有活氣，所以要用在臉上。

　　段河將這尊菩薩送去了「連城」。

　　連思睿看見段河，似乎並不驚奇，只是側臉看一眼預約卡，上面寫著「何先生」。

　　她叫護士將椅子放下來，讓段河張開嘴，轉動內窺燈往裏照。燈光太強，段河的眼睛不躲閃。她往哪裏看，他的眼睛便往哪裏走。光裏頭，男孩的眼珠，竟是很淺的琥珀色，貓一樣。她看了一會兒，說，起來吧。

　　她一邊寫報告，一邊問，何生，點解來呢度？

　　段河漱一漱口，說，我來看牙。

　　連思睿頭也不抬，你這一口牙，好得可以去做牙膏廣告，要不要我給你寫轉介信。

　　段河楞楞說，我來送菩薩。

　　連思睿手停住，口氣軟下來，說，菩薩跟前不打誑語。送就送來，何苦搭上檢查費。

　　連思睿看完上午最後一個病人，換好衣服走出診所。護士

衝她使一下眼色，她看見段河懷裏抱著個盒子，坐得端端正正，半闔眼睛，像是老僧入定。身側卻是自己的兒子阿木，緊緊攬著他的胳膊，蜷身子已沉沉睡去了。

一旁的鐘點阿姨走過來，有些慌地說，連醫生，阿木一進來，看見這個後生仔就抱住他的腿，不肯放手。怎麼拽都拽不開。失禮曬人。

連思睿聽出她有開脫自己的意思。段河睜開眼睛，微笑說，唔緊要。

阿姨看出他與連思睿的相識，吁了一口氣，用不逾矩的眼神看他們一眼。然後說，連醫生，噉我走先喇。

阿木也醒過來，從椅子上蹦下來，抱住段河的腿。臉貼在他的膝蓋上，像隻親暱的小動物。

連思睿喊道，木。

他才回過頭，看看自己的母親，嘴裏發出吱呀的聲音，也是小動物的。連思睿看到他的口罩，已經被沉睡的口水浸濕了。段河的膝蓋上，也濕了一塊。她抽出一塊紙巾遞給段河，同時拿了一個新的口罩給阿木換上。阿木站得很定，由她換。段河說，佢都好乖。

連思睿望他一眼，說，我約了人飲茶，一起去？

段河第一次置身於圍村的茶居。

以往在澳門，做過一陣荷官，他閒時便去茶樓為客人買點

心。內地客人出手闊綽，小費給得格外多。便是要吃氹仔「三記」的蓮蓉包，去的茶樓遠些，也心甘情願地跑去。小一年，竟然將大小的茶樓跑了一個遍。後來到了香港，大澳附近的茶樓，多半是開給觀光客，裏頭的陳設古色古香，多半透了一個假。味道是不怎麼樣的。

這個茶居，叫「得美」，裏頭實在陳舊破落了些，地方也小。可是人頭湧湧，聲響震天。店堂的氣息不算潔淨，蕩漾一種濃郁和豐腴。

連思睿眼睛找了一下，遠處有人向她招招手。她便疾步走過去。阿木倒比他還快些，走到一桌前，便撲到一個人懷裏。段河不禁有些發楞，因為這是個十分壯碩的黑人青年。青年將阿木抱起來，高高舉了一下，這是很親熱的舉動。但是在這公共場合，又是有些突兀的。阿木歡快地叫起來，他也咿咿呀呀，便試圖又舉起。但這時有個蒼老的聲音喝止了他。他便將阿木放下。

這是個形容潔淨的老婦人，瘦削，黑黃臉色。她拉過水盅，為連思睿洗杯子。一邊說，照舊，我點了壽眉。

叮叮噹噹，洗得很俐落。段河看見她的手骨節粗大，有突起的筋絡，是終年勞作的手。

她想起什麼，厲聲道，唔識叫人？

那黑青年猛醒一般，看著連思睿，使勁地喚一聲，連……連醫師。

這一聲像是花了很大的氣力，聲音卻是含混的。

連思睿便説，仔，張大口，畀我睇吓牙點樣。

黑青年就張大嘴巴，給她看。連思睿説，都恢復得幾好，要食少啲糖。

婦人説，除了水果，我一粒糖不給他吃。費事像上次痛到滿地滾。

這時，她用手摸一摸阿木的頭，感嘆道，禁堂食禁到，我哋都好耐未見囉。木仔又長高咗。

連思睿説，係啊，見風就長。

此時，段河看著黑青年，眼睛直勾勾地盯著點心車上的叉燒包。轉過臉，看著老婦人，嘴巴又發出咿呀的熱切的聲音。老婦人搖搖頭，將叉燒包端過來，説，一刻都唔等得。

她發現段河看著他們，便笑笑對他説，見笑啦。我嘅孫，阿咒。

她説得過於莊重，語氣近乎某種宣誓。接著又用強調的聲音説，唔係宇宙嘅「宙」，係咒語嘅「咒」。

段河能感覺到，她的笑背後，有一種在辨認的表情。這讓她的笑容有點意味深長。

這時，連思睿問她，枝姐，你知唔知香港都有間靈隱寺？

老婦人又笑，仲叫我枝姐，過幾年就是枝婆婆囉。先生做盛行？

被她突如其來一問，段河便説，我造佛像。

　　枝姐愣一愣，便道，好啊。可惜我們蓮花庵不供菩薩，不然跟你請一尊。

　　這時，他們聽見阿木的聲音。阿木正要從阿咒手裏搶過一只叉燒包。阿咒護食樣，把包一把藏到自己身後，神情緊張而焦灼。阿木終於哭起來。連思睿從桌上拿起另一只叉燒包給他，說是一樣的，他卻不要。枝姐不說話，只是將手裏的茶盅重重地放在桌上。阿咒看一眼她，猶豫了下，將叉燒包捧到了阿木面前，同時間舔了下自己厚厚的嘴唇。他的動作，像一隻大而笨拙的動物，這時的眼神是很溫厚的，還有一些單純，屬大而年幼的動物。

　　阿木與他恢復了親熱，依偎著他，吃那只叉燒包。段河終於看懂了。儘管膚色不同，但他與阿木有著同樣的眼睛，顢頇而天真，眼距寬闊。

　　他們的親熱，或出自本能。同類的親愛，在彼此的眼睛中，有自己。

　　枝姐與連思睿，也是熟稔的樣子。她沒有點茜香牛肉腸，說記得連思睿不能吃蝦米。她們漫無邊際地聊天，有時枝姐會略為激動些。言及時事，說到政府及女特首的不作為，說到自己輪候公屋的艱難。連思睿說，早兩年勸你申請，現在是難多了。

　　她便正色道，那怎麼一樣，我有手有腳，頭先我搵到錢，使乜靠政府！可這幾年，有點做不動了，又有疫情。我自己冇乜所謂，但我死咗之後，咒仔點算？

枝姐抬起手，將咒仔後頭的領子翻翻好。咒仔回過頭，看著他阿嬤，眼神空洞，忽然笑了，露出兩排雪白的牙齒。她說，連醫生，我有一口氣，都不會送他去福利院的。

連思睿沉默了。阿木從桌布上扯出一根線頭，越扯越長。

段河讓企堂加了一壺茶。連思睿這才問，枝姐，阿咒的鋼琴學得怎樣。

枝姐的表情就鬆快一些，說，都幾好。先生說，這樣學下去，兩年後可出師。呢排又學了幾支曲，乜松的。

連思睿也高興起來，門德爾松。阿咒好叻，我那裏還有一些琴譜，得閒拿給你們。

枝姐搖頭說，不用不用。連醫生，咒仔看不懂琴譜，都是靠個聽。她停一停，話時話，你送我們那架鋼琴。上次請人來調音，我才知道原來……這麼貴的琴，真是唔好意思。

連思睿擺擺手，唔使客氣。這架琴，放在我家裏也是落灰，好佔地方。

他們走出茶居，枝姐塞給連思睿一袋菜，說，今早摘的，用泉水洗乾淨了。

連思睿驚喜道，以為今年沒種了呢。

她對段河說，枝姐種的菜，九龍新界都有名的，港島客開車來買，人都叫「仙枝菜」。

枝姐便大笑起來，精瘦臉上是縱橫的皺紋。她說，別的不

敢説，要説種西洋菜，我羅仙枝認第二，冇人敢認第一。

兩個人，又往前走了幾步。枝姐低聲講，連醫生，西洋菜煲豬骨畀佢飲，好多維他命。

經過了一間「通益琴行」。阿咒臉貼在玻璃上，發出咿呀聲音。枝姐和連思睿會心看一眼，便放他進去。阿咒徑直走到一架鋼琴前頭，坐定。他伸出一隻手指，試了下音。他的手指在琴鍵上跳動，繼而奔跑。在奔跑中，音樂潺潺地流淌出來。他們看著阿咒煥發神采，無拘無束，像個黑色的、壯大的精靈。

連思睿輕輕説，你們那架老斯坦威，可惜了。

枝姐説，修不好了，琴柱都斷了。話時話，咒仔也彈了許多年。我捨不得扔，還擺在穀倉裏。太大，若不然……就燒給文小姐了。

這時，阿咒又起了一個音。

是巴赫，C大調前奏。連思睿閉上眼睛，她回憶起，若干年前的冬至。相聚到了尾聲，她彈巴赫。熟透的譜了，忽然忘了。有個少年，在靜寂中走過來。坐在她身邊，伸出手指，彈了幾個音。她就記起來，接著彈。少年未走，待下一個段落加入，為她和音。

連思睿情不自禁，走過去，坐在阿咒身邊，加入了他。四手聯彈，天然的默契。優柔而堅定的樂曲，漸行漸遠。

他們站在十字路口。

段河説，你彈得真好。

車水馬龍，其實聽不太清楚，但是從他的口型，連思睿看懂了。她淡淡地笑一下。

阿木躺在段河的肩頭，睡得很熟。段河説，送你去診所。

連思睿搖搖頭，説，下午吳醫生當職，我要帶阿木去見他阿公。

段河説，那我送你回家。

連思睿説，不麻煩了，就在附近。

她想將阿木從段河懷裏抱過來，但是手裏有西洋菜，還捧著那只盒。

段河説，請菩薩，要捧得端正。

她低下頭，那麻煩你，唔該。

段河幫連思睿，將觀音擺在客廳的佛龕上。端端正正，菩薩臉上，是午後的好陽光。

雲月花。段河説。

什麼？連思睿將捧來一只沙田柚，將舊的供果換下來。

段河説，雲月花，望月見雲。這佛龕的花板，是五六十年代的花型，有年頭了。

連思睿沉默一下，太阿嬤留下的，我從老屋搬來。

段河環顧一下。這客廳很小，雖然傢俬少，即使一個神龕，都佔去了很大地方。

連思睿説，斗室一間，兩仔嬤夠住了。

佛龕旁邊，擺著三幅黑白相片。連思睿點上三枝香，插上。煙霧裊裊地升起來，段河看到居中是位臉相嚴厲的老人；旁邊是個中年女人，面目平凡而清寡，嘴角下垂；還有一個年輕人，很清秀，身後是深灰色的東京塔。

香爐裏，是未去殼的金黃稻米。連思睿説，除咗阿爸阿弟，我哋一家人都喺呢度。

段河向外頭望出去，可以看見大帽山，完整的山脈，起起伏伏，是一片蒼翠。

他説，以前我在澳門住時，窗口也能看見這樣的山。

連思睿在午後接到電話。當時她正用開水灼西洋菜，煲豬骨湯。

地產中介在電話那頭，説，連小姐，有人要買樓。

連思睿楞一楞。

中介以為她猶豫。忙説，連小姐，你知道呢排市況已經好差，美國加息，好多人移民走咗佬。樓市今年都跌咗一成半。新樓都冇人買。

連思睿問，佢知唔知，我呢間係凶宅？

中介説，佢知道。係有客指定要買你層樓，出價仲高出市價一成。

連思睿對父親説了。

連粵名看她拍的阿木飲湯的相片，説，女，這西洋菜煲得好，看上去好甜。你依家的手勢好了好多。

連思睿説，真係西洋菜好，枝姐送來的。天冷，越凍越甜。

連粵名沉吟，哦，是帶孫搵你睇牙那個。佢孫嘅名都幾得意，叫阿咒。

連思睿笑笑説，阿爸記性好。記得清楚過我診所的姑娘。

連粵名苦苦笑一下，仲可以點，好多嘢，如今想忘都幾難。對了，你診所那個同學，對你還好？

連思睿説，就還那樣，輪流當值。下晝佢當值，我就來看你囉。

連粵名看看她，説，女，為自己考慮多啲。眼下這情形，還有個對你好的人，不易。

連思睿沉默了一下，摸摸阿木的頭，説，阿爸，太阿嬤這樓賣是不賣。

連粵名也沉默，半晌問，如今中介都好蠱惑，這客當真知道，是凶宅？

連思睿點頭。連粵名説，市況這麼差，我哋屋企……我是不太信什麼否極泰來。你留心多啲。有空呢，間屋都要執一執。

入冬，疫情有了反覆。診所的生意便再次清淡。

連思睿發現自己名下客人，有些是吳醫生轉過來的。

　　她笑著說，吳耀城，陳師奶咁挑剔，你轉給我，不擔心我砸你招牌。

　　吳耀城楞一楞，我一個人做不完，算你幫我。

　　連思睿道，做不完？診所都快拍烏蠅了，你做不完？

　　吳耀城頭沒抬。過一會兒，他說，思睿，周末大學做同學會，你同我一起去？

　　連思睿將橡膠手套扔在垃圾桶裏，狠狠地說，你是不是醫生？知不知道政府限聚，犯法的。

　　吳耀城說，說是聚會，不過是去韓教授家。韓教授過身，你沒去，下個月韓師母要去住老人院。我們想替她送送行。

　　他說，思睿，都過去幾年了，大家都好掛住你。

　　連思睿望一望外頭。人是少了，一個女人牽著她的狗。狗是阿富汗犬，戴著伊莉莎白圈，走得很快，風塵僕僕。女人跟不上。狗走慢了點，走到了診所門口，抬起腿，撒了一泡尿。女人拿出一個水壺，在地上沖洗，草草地。

　　護士走出去，和女人爭執起來。

　　連思睿抬起頭，定定看著吳醫生。她說，吳耀城，我不去。你收留了我，你就是我的同學會。

　　「做冬」那天，連思睿照例將阿木送到林家。

　　林太太做了一桌菜，滿目琳琅。林醫生說，冬至大過年，坐下一起吃吧。

連思睿搖搖頭，放下節禮，就望外走。

林醫生説，思睿，你等等，我有幾句話説。

連思睿站定，等他説。

林醫生説，聽説你們診所，發現了病例？

連思睿説，嗯，封檢了。我和阿木都沒事，家居觀測，今早做了快測才來。

李醫生説，哦，嗽唔使返工？

連思睿看阿木將沙發上的摺耳貓抱起來。貓掙扎了一下，跑了。她説，冇工返了。

林醫生彷彿字斟句酌。他説，思睿，按理我們沒有資格説這話，但現在不説，以後怕沒有機會説了。

這時，樓上響起了劇烈的彈跳聲，沉重而均匀。林太太嘆一口氣，説，細路又跳繩。現在什麼世道，體育課都在家裏上，做冬都叫人唔安樂。

林醫生輕輕咳嗽了一下，打斷了太太，卻提高了聲量。他説，思睿，你知道，我們只有林昭一個兒，依家只得阿木這個孫。我們年紀大了，林昭家姐在加拿大，想讓我們過去。我們，想把阿木帶過去。那邊的條件，也比較好。你一個人帶著阿木，已經六年。你還年輕，唔好將一輩子捐進去。沒有這孩子拖住你，你都好向前行一步。

連思睿説，你們讓我，向哪裏行一步。

連思睿坐在黑暗裏頭，聽不到一絲聲響。她想，萬家團聚的日子，怎麼可以這麼安靜。沒有月光，外頭黑透了，卻能看見大帽山的輪廓，是被盤山路的路燈連綴成的，時斷時續。還有幾個引航塔，顏色血紅的。一明一滅，一滅一明。

她終於起來，點上三枝香，插在香爐裏。這時聽到手機響。

是段河。他說，連醫生，靈隱開了素齋，阿爹話請你帶阿木來做冬。

靈隱寺裏也是難得的靜，靜得能聽見外面的泉聲。

雖已是冬日，「至止亭」邊的泉水還是流得潺潺的，聲音未有夏天時豐盛，漸漸細隱而遼遠。

素膳擺在樂善功德堂後的一處齋房。

開齋的是住持逢未法師。以往靈隱寺的素齋，是有講究的。靈隱的開山住持靈溪法師，是在鼎湖山慶雲寺出家的。慶雲寺是嶺南著名寺門，寺內有「千人鑊」，可容納八方善信。靈溪建了靈隱，也在寺內置了幾口大鑊，並且建吉祥居等靜苑供善信居住。早前香火伶仃，大鑊再排不上用場，但那幾樣素齋卻從靈溪時傳了下來。

靈隱的寺眾，多是附近的水上人出家的。如今寺內蕭條，這時多半返了屋企團聚，逢未便也由他們去。除了逢未法師、慶師傅與段河，靖常和他的女阿影。還有一個中年僧人，逢未只喚他鹿和師父。

只見這鹿和師父一隻胳膊打著石膏，夾菜也不方便。別人都在照顧他。他便笑著單手回禮。連思睿只覺得他十分面善，不知在哪裏見過。臉色是蠟黃的，清瘦，雖有風霜，仍然看得出眉宇間的挺秀。

鹿和說，要說這三寶素會，還得吃靈隱寺的。其他廟裏做的，裏頭總有股草菇的腥氣。

慶師傅說，你再不來，逢未大師也快手生了。我們平日，只能吃到他炸的素春卷。

逢未大師哈哈大笑，臉上的肉也顫一顫，好像尊彌勒佛。他說，以往跟靈溪師父學的，還有「雪積銀鐘」、「酸甜齋」、「佛蒲團」，都能做個八九不離十。只是「鼎湖上素」我卻幾十年都做不來。

連思睿笑笑說，鼎湖上素，我太阿嬤倒會做，唔知正不正宗。以往在佛堂裏，她用一口大鍋做。可她跟我說，好味的秘訣，只有一樣，就是用雞湯吊。

逢未大師道，阿彌陀佛，這可是罪過了。

鹿和說，罷了。如今能進佛堂的，都是「酒肉穿腸過，佛在心中坐」。

連思睿心裏一驚，忽然抬起頭。鹿和見她望向自己，眼睛一動不動，也微笑問，這位連施主，可想起什麼來？

思睿不說話。他便將袈裟撩起一邊，目光嚏然，唸道，世人笑我太瘋癲，我笑世人看不穿。

連思睿說，原來真的是……

段河吁一口氣說，鹿和師父清修十年，叫群報紙佬敗了修行。

連思睿望一望眼前人，面目雖清臞，卻並不如新聞中說得臉相悲苦，倒有幾分天然的朗朗神采。

前些天的甚囂塵上，不過因為一樁案件。大嶼山地塘荒郊的一間寺廟失竊小金佛，又被放了火。盜賊被寺內僧人發現，搏鬥一番歸了案。這本不算什麼大新聞。可媒體卻在醫院發現，那為保寺產與盜賊打鬥負傷的僧人，是當年的一個大明星郭鴻宇。這郭先生，縱橫娛樂圈十多年，忽然遠離大眾視野，音信杳然。有傳移民了，有傳暴病身亡，還有傳他為爭祖產被人暗害了。這一現身，便將之前世今生翻了出來，說他放棄了二百多億的家業繼承權，當年又怎麼斷髮為紅顏。還一一梳理了他在「港視」演過的角色，最出名的就是濟公。說和信銀行的太子爺，如今境遇　身襤褸，形同濟癲，得個「慘」字。

鹿和笑說，人哋鹹魚翻身，我叫濟和尚翻紅。

連思睿看他，隨意著粗灰直裰，卻想起他在另一齣古裝戲中的烈馬輕裘的少年樣。那還是她中學時候，班上女生流行螢光貼紙。貼紙上都是他。如今面前這個人，好像是那貼紙被歲月煙火熏染過，發了黃。但仍有一種可親，是當初的。

逄未法師說，連醫生，畀個機會你。若你是媒體，問鹿和

個問題。

連思睿楞一楞，説，一個？

鹿和點點頭。

連思睿便問，你當年為什麼出家呢？

鹿和説，報紙上有寫。

連思睿説，報紙寫，你説是因為當年演了濟公，開了悟。我不信。

鹿和説，嗯，我打了誑語。

連思睿問，那是為什麼呢。

鹿和説，因為我怕鬼。

他説，因為，我從小怕鬼，夜裏睡不著。我阿媽就坐在床邊，給我唸《心經》。那一年，我阿媽死了，再沒人給我唸《心經》。可我還是怕鬼，就出了家。

連思睿猶豫了一下，説，你有沒想過，你媽過了身，也是一隻鬼。你有乜要怕呢。

夜裏，連思睿和阿影睡在禪房後的靜苑。覺得水聲漸漸大了。朦朧地，她聽到依稀的琴音。胡琴聲裏，有些壓抑的沙啞男聲，斷續傳來。唱的是一支曲，她聽不分明是什麼，只覺得唱了一遍，又是一遍。一遍又疊上了另一遍。

早上，她被一陣鳥鳴聲驚醒。推開窗子，是清冷晨風，夾

著潮濕的泥土味道。窗外頭有一大片的草地，幾頭牛或行或臥。一頭在吃草的，這時抬起頭來，與她對視。眼睛是漆黑幽深的，與她對望好久，才「哞」地長叫了一聲。牛群向遠處走去，脖子上的鈴，清脆悠慢地響。

寺廟大殿外，只有個少年僧人在掃地。看見她，雙手合了個十，說是逢未法師在做晨課，囑託為她留了齋。不一會兒便為她端來了粟米粥，還有紫薯，說都是寺裏自種的。

見她四圍望一下，小和尚就告訴她，慶師傅帶著段河去後山了。

她沒想到，靈隱寺後面，有這麼一座山。大約是彌陀山的南麓，雖不高，但是蒼青砥實，山岩都是大塊的，斧劈一樣，有幾分宋畫裏的韻致。山風吹來，嵐氣襲人。恍惚間，她竟覺得不是香港了，禁不住深深吸了一口氣。

她隨小和尚的指引，由「至止亭」溯溪而卜，溪水漸漸寬闊，出現一座簡易的木橋。她走過橋，聽到了另一種聲音，有些刺耳的噪音，將那溪水潺潺的流聲劃開了。

當那電鋸聲停了，片刻，便響起了沉頓的斧鑿聲。捶打在斧頭上鐺鐺的響聲，卻是清越的。

她終於看清楚，眼前是一塊空曠的平地，大約以往是採石場，人為地形成了一個山谷。整齊磊著一條條粗大的原木，而另一邊則是已開好的木材。

她看到了段河。段河背對著她，正和慶師傅，一人一頭抬著一方木頭走過來。大約已經勞作了許久，他精赤著上身，腰間別著一塊毛巾。能看見肩胛因為用力而鼓突的肌肉。背上布滿了汗珠，在剛升出的朝陽照射下，發著晶亮的光。

他們小心翼翼地將木頭擱下。這時，慶師傅看見了連思睿，道一聲「早晨」。段河才猛然回過頭，看見她，是一時無措的樣子。

他轉過身，胸脯上的汗珠還更密些，慢慢淌下來。慶師傅遠遠拋過來一件汗衫，說，穿上。

段河用毛巾擦了一把，胡亂地將汗衫套上。慶師傅從後腰拿出了煙杆，在煙斗裏裝上煙絲，點上，吸了口，吐出來的煙，像晨霧。看他們一眼，遠遠地走開了。

段河坐在原木上，拿過一個水壺，咕嘟咕嘟地喝水。他看一眼連思睿，說，今日唔使返工？

連思睿說，你唔記得？我們診所發現病例，封檢了。

她也坐下來，拍一拍身下的原木，手掌被粗礪的樹皮震了震。她說，造佛像，要用這麼大的木嗎？

段河側過臉，嘴角一咧，燦爛地笑，孩子似的。他說，你以為我只會捧塊木，在手心裏雕雕鑿鑿？我同阿爹造過最大的佛像，有三四十尺高，全部木結構，光佛頭超過六噸重。我哋成日要做粗重嘢，家常便飯喇。

連思睿望著那累疊的木材，輕嘆一聲，以往在寺院大殿

裏，只顧著發願，看菩薩都好像從天而降。原來底裏全在這裏，一尊佛，萬棵樹。

段河說，萬棵樹倒沒有。但造佛像，一棵樹可用的卻不多。我們挑木頭，先要選樹齡近的。這才是第一步。就連同一棵樹，木質也不同，還要去掉心和皮，只取最方正、上好的一段來造佛像。開了木材，也還是不能用，要等。

連思睿問，等什麼。

段河說，等它乾，這叫開氣。但又不能讓它乾透了，乾透了別說雕刻，電鋸都切不下去。要半乾。在空曠地方透氣，裏頭的木纖維就隨著天氣自然變化。要經一冬一夏，一年就過去了。按老法子，起碼要擺三年。你看那邊幾方樟木，我來時就擺在那裏，還在開氣。

連思睿說，我太阿嬤留下一只樟木箱，幾十年不生蟲。這是造佛像的好木頭？

段河說，倒不一定，小些的佛像用樟木好，容易雕刻，下刀順滑，可太大了容易起浪。我們做大佛像，愛用柚木，膨脹率穩定。特別是緬甸柚木。阿爹帶我去曼德勒看過烏本橋，好幾公里，全是柚木做，在水裏已經百多年。你來時在溪上看見那座小橋，是我造的，也是用柚木。

他從地上撿起一小塊木頭，給連思睿看，你瞧，這木紋平平整整，是塊好木頭。我們做雕刻的，要先要理順木的紋理，木有長紋和短紋，又有橫紋和縱紋，收縮度不同。認準了，順

勢而為，才好下刀。這下刀，第一步叫「去大柴」，都是大師傅做，就是為了讓這紋理出來，靠的是經驗。

連思睿說，我聽說西南賭石，一塊玉切開，成與不成，居多靠運氣。

段河笑說，對新手是運氣，我可未見阿爹失過手。「去柴」後，「修光」、「打磨」多半是我的活兒。打磨後要「做底」，就是上漆灰，這一道難，我學了五年。難在厚薄乾濕都不好把握。一乾了，就貼不上金箔了，只能從頭來過。我們同行裏，有用「豬料灰」的，豬料就是豬血，有黏性，加入復粉搓勻，韌性很大，批灰不易乾。可我們不用，阿爹說，菩薩有眼睇，要遭報應。

連思睿想一想，說，像寶蓮寺大雄殿裏大佛那樣的佛像，要造多久。

段河搓一搓手，迎著陽光，挑去拇指上的一根木刺。他說，從選料到上金身，十年是要的。我們接了慈雲寺的工程，阿爹造了十二年，我跟了五年，還在造。阿爹說，先把我在賭場裏給人發牌的業，除一除。

連思睿說，如果這樣，人一輩子，才夠造幾尊佛啊。

段河說，大概一半的時間，是用來等。開氣，批灰，都要等。要不想等，也有人用「放水」，給樹活受罪。

他指著一棵樹，這時慶師傅走過來，看他們一眼，輕輕說，做嘢。

段河聳聳肩，說，一分偷不得懶，我回頭告訴你。

回程路上，她打開手機，十幾條留言。沒來得及聽，便又有電話打過來。是地產中介，說買家催促交割，價錢又提了一成。

中介說，連小姐，我估撞到「水魚」，這可真叫，過了這村沒這店。

連思睿聽他最後說這句諺語，用了國語。彆扭而流利。

交割得算很順利。從簽臨約到落「大訂」，不過一小時。買家是一對看上去很體面的中年夫婦，面目也算和善。

連思睿接過支票，禁不住問，二位當真唔使睇樓？

女人笑著搖搖頭。她戴的墨綠口罩上，有公司的 logo，是幾個字母拼成的艾菲爾鐵塔。只露出深凹的眼睛和稀疏的眉，眼神蒼老。

連思睿問，也沒問題要問我？

女人說，買樓都是為個心頭好，唔使問咁多。

連思睿說，那我倒想問一句，二位買這層樓，用來做乜。

女人撩一下額髮，說，我肯畀多一成半的印花稅，自然是用來投資。

連思睿笑一笑，買間樓齡四十多年的凶宅，用來投資？

中介在旁聽了，汗都冒出來，說，大吉利是，連小姐講笑。

女人輕輕一笑，我唔介意。我幾十歲人，神鬼聽多見多，介意就不會買喇。

晚上，連思睿哄阿木睡下，打開電腦。她想一想，將那買家的名字輸入 Google。這名字不多見，是個複姓「上官」。上官楚娥。

Google 很快給了答案，是中環一間證券公司的高級基金經理。

公司網頁上的照片，比本人年輕不少，還未發福，大約是多年前的照片。連思睿遮住照片上的下半張臉，看了一會兒，忽然站起來。

她從床底扯出一只箱。猶豫了一下，還是打開了箱子。裏頭是阿媽袁美珍的遺物。翻找了一會兒，終於找到了那張聖士提反女子中學的畢業照。在袁美珍的後排，往右數第三個，是個留著整齊短髮、表情拘謹的黝黑女生。翻到照片背面，連思睿對上了名字，葉楚娥。

八

在見到袁尊生之前，連思睿認真地做了心理建設。

對這個名義上的舅父，她其實很陌生。自她出生，並未見過幾面。或者說，因為母親和袁家的斷裂，她的成長裏，未有這個舅舅。

她聽父親連粵名說起過袁尊生在他們婚禮上的致詞，口氣中不乏激賞。她亦毫無觸動，像在聽一齣八點檔電視劇裏的橋段。

他們最後的相遇，是幾年前在法庭和袁美珍的喪禮。喪儀上，她和舅舅——母親同父異母的弟弟，作為連袁兩家各自的代表出現。然而，她想，父親說得對，這是個何其體面的人。即使面對尷尬且難以定義的局面。袁律師的舉手投足，依然絲絲入扣，滴水不漏。

她不明白，袁尊生為什麼找上官楚娥出面，買這間祖屋。

少年時期的上官楚娥，姓葉，跟她母親雲嬌的姓。

雲嬌的父親，是袁家的管家，自老太爺時就跟著從佛山來港。葉管家來香港沒多久，便病死了。雲嬌少艾，便嫁給了袁府上的一個廚師。嫁了一年多，懷了孕。廚師隻身回汕頭老家

飲人喜酒，不知為何就失了蹤，生死未卜。所以，說起來，葉楚娥算是遺腹子。

因為葉老管家的關係，袁家對雲嬸母子是很善待的。念其孤寡，繼續留下雲嬸做家傭。雲嬸是老死在袁家的。因為都說她剋父剋夫，也便沒有再嫁。後來老太爺去世後，袁家少爺接了家業。這就是袁美珍的父親袁熙煥。

袁美珍和葉楚娥，是同一年生的。袁美珍年幼，母親過世。即使多年後，對這個袁家的大少奶，上下仍有許多議論，多半是因為她不算高貴的出身。袁家少爺留洋，學業未竟，帶回了這個女人。眾人都記得她是美的。但除了美之外，彷彿也並沒有其他。她的到來，似乎打破了家族微妙的平衡。尤其是袁少爺和父親的關係，漸漸勢同水火。最終，她倉促地用一條絲襪解決了自己，許多人都在暗地裏鬆了一口氣。似乎可因此抹去她在這家裏的一切痕跡。但她，留下了袁美珍。

雲嬸對袁美珍的好，或許出於某一種移情。她明白一個沒有母親的孩子，成長的艱辛。尤其是幾年後袁少爺繼承家業，再娶，袁尊生出生。袁美珍在家中長小姐的身份，其實名存實亡。雲嬸對她的照顧，潤物無聲，謹守著主僕間的分寸。唯有一次，是袁美珍初潮，不明就裏，恐懼萬分。雲嬸發現了，俐落地為她處理，然後緊緊抱住了她，讓這個眉目清淡的女孩在自己懷裏瑟瑟發抖。這樣過去了許多年。袁熙煥看在眼裏，雖無聲張，但心中是感激的。他知道雲嬸作為母親最掛心的是什

麼，便將葉楚娥也送進了聖士提反女子中學，成為了袁美珍的
同學。

然而，男人究竟是粗疏的，也想得太簡單。他只看到了兩
個同齡女孩，因為單親的境遇，在成長中的相互取暖。他有所
謂新思想，也自詡打破了主僕殊途的禁忌。但是，他忘記了袁
美珍經不起推敲的來處。一種謠言，先從袁家的僕傭中流傳，
說老爺與雲嬸的關係，遠不是看上去這麼體面。當年的少奶奶
為何自盡，不為人知；廚師的失蹤，也未免蹊蹺。這些明暗，
甚至發生在新太太嫁過來之前。不然，一個僕從的女，何以得
到與小姐相同的待遇。

終於，流言出現在了袁美珍的學校。同學間開始饒有興味
地在袁美珍和葉楚娥的臉上，尋找某種相似之處。雖然的確徒
勞，因為葉楚娥膚色黝黑，眼窩深陷，顯然是來自廚師父親的
遺傳。但是，這個謠言終於被袁美珍知道。於是，她不再像以
前那樣稱葉楚娥為「阿娥」，而是稱她為「賓妹」。這自然嘲
辱她類似南亞人的長相，也釘死了她作為僕傭的身份。而在家
裏，袁美珍也主動疏遠了雲嬸母女。她的自尊，讓她在府中的
處境，更為孤立了。

日後，因為受到良好教育，葉楚娥有了好的歸宿。雲嬸也
足以含笑九泉。在她去世前，對女有交代，要懂得感恩。這讓
葉楚娥在許多年間，並未中斷與袁府的聯繫。袁家人不禁稱讚
這對母女的厚道。但可想而知，身為專業人士的葉楚娥，每次

的出現，其實都在提醒自己昔日的僕從身份。

然而，袁美珍難以擺脫某種成見。在她嫁給了連粵名後，沒有提及過葉楚娥的名字。這麼多年，連思睿也極少地聽到她說到一個叫「賓妹」的女人。最後一次聽到，大約就是在參加了後母的喪禮回來。在一個午後，袁美珍拿出一本相簿，指著一個眼窩深陷的黝黑女孩，對連思睿說，呢個賓妹的樣，咁多午都未變禍。

連思睿記住了這雙眼睛。

她將這張畢業照，放在了袁尊生面前，說，袁生，別跟我說，你不知道這件事。

不過隔了幾年，袁律師見老了。眼神有些混濁。連思睿的確很久沒見過他。因為每周六港台十點檔——「港人說法」節目已停播了許久。她對袁律師的印象，多少被多年前那個意氣風發、口若懸河的嘉賓覆蓋了。她想，他，也這麼快就老了？

袁尊生也看著自己只見過幾面的外甥女。思睿這天戴著深藍色的口罩，上面有一個握起的拳頭，是某個NGO組織投在她信箱裏的。信裏呼籲她參加某個性別平權的運動。這個早上，她拆開信封，把信丟進垃圾桶，順手戴上了這個口罩。

袁尊生想，這些年他看了太多被口罩遮住的臉。遮蓋了半張臉，遮蓋掉了一半的美或者醜，遮掉了表情，也實現了修飾。然而，他還是極少見到這麼美的臉型。圓潤柔和得像一粒

卵。這臉型不是他們袁家的，閩粵人很少有這樣的臉型，不屬袁美珍。

當咖啡送上來時，他們同時摘下了口罩。

然而，袁尊生說，思睿，你和你阿媽，始終還是有些像的。

連思睿聽出了這句話的潛台詞。舅父在她臉上，看到的實際是另一個女人的疊影浮現。她的外婆。

他們，都沒有見過這個女人，然而時時感受到她的存在。此刻，袁尊生又聞到久違而熟悉的氣息，和袁美珍身上的，一模一樣。自家姐成年，就是這種氣息，也來自那個女人。幽靜的花香，一絲倦怠。袁美珍有些剛硬的面容，與之是有些違和的。但此刻，面前這年輕女人的面龐，卻和這氣息渾然。

連思睿在母親的遺物裏，發現了半瓶 A Chant for the Nymph。產自 Gucci，前調是素馨。

袁尊生說，睿女，你還留著那個香盒？我小時候，有次將你這個香盒藏起來。第二天，我阿媽所有的衣服上，都給燙了香煙洞。

連思睿把咖啡杯放下。她說，袁生，我不是來敘舊的。我只想知道，你為什麼這麼做。

袁尊生沉默了一會，說，我知道，你們半山那間物業，已經是銀主盤，在法拍。皇后大道那間租約未到期。我還知道，你在和阿木的阿爺爭奪撫養權。

他猶豫了一下，說，點都好。細路，我們可以一同湊大，

也算是我為阿姐做點事。

袁尊生說完這些，好像鬆了口氣。身體往後靠過去。他穿了件墨綠色的美式夾克，陷進了同樣墨綠色的沙發。在昏暗的燈光下，好像沙發上孤懸一張慘白的臉。

連思睿看著他，許久，忽然笑了。她說，所以你買北角這間，是因為我阿媽死在了裏頭嗎？

袁尊生抬起臉，眼神中有一瞬的緊張，迅速地鬆懈下來。這鬆懈讓他的眼睛中老意叢生。他慢慢地說，睿女，人生在世，有些事，總要放低。

連思睿望一下外面，天色無端昏暗下來。她說，你以為，賣咗間屋，就和過去有了斷？

她停一停，說，袁生，我知道你們做律師嘅，有好多行內古仔。我哋呢行都有。你要不要聽一個？

她說，我讀書時，一個台灣同學講給我聽的。說是高雄曾有一起古早凶殺案，懸而未破。唯一線索，是嫌疑人曾經光顧某個牙科診所。許多年過去，再滿兩個月，這個案件就過三十年的追訴期。警方忽然接到了報案電話，打電話的是診所當年的牙醫。根據他提供的線索，嫌疑人很快被警方捉拿歸案，並對犯罪事實供認不諱。然而，很奇怪的是，罪犯的相貌，經過多次整容，已與當年面目全非。警方驚異之下，問醫生怎麼認出了他來。這個頭髮花白的男人笑笑說，警官，我沒有認出他。但我認得他的牙。

連思睿説，袁生，你看，我們做牙醫的，就是那麼放唔低。

如不是因為段河新發的信息，連思睿可能一直未看到他早前發來的鏈接。段河説，他正在歷史博物館看敦煌展，今天是最後一天。當時連思睿正為阿木換上了乾淨的褲子。

那條鏈接從 WhatsApp 發出時，是冬至翌日。打開，出現她不認識的文字。把這些文字輸入了 Google translation。自動識別為緬甸文，翻譯為英文。還配了一段視頻。

　　放水──一種處理木材的方式。柚木未從樹身砍伐之前，即仍是生長中的樹木，當除去樹皮後，樹木不會立即死亡，而是逐漸死亡。樹木的水分在這段時間內，會慢慢滲出。用這個做法處理木材有其好處。因為木材由纖維組成，纖維則會吸收水分。將樹木割下之後，將其平擺，纖維中的水分不會釋出，因為纖維非常幼細，在開板料後，日後便會發覺有不少綠點或者黑點出現。而經過「放水」的木材則沒有這個現象。

視頻中有模糊的影像。是一些已被剝去了皮的柚樹，卻也成林。有些仍然有著繁茂枝葉，有些樹幹壯大，但樹冠已光禿禿，凋零。彼此距離不盈數尺。

　　她才發現，自己許多年未哭過。連思睿回憶的時候，本能
而俐落地為阿木換上了乾淨的褲子。

　　上一回，似乎還是在太孅孅喪禮上。此後的許多年，她沒
再哭過。母親的死、阿爸入獄，法庭、媒體、失業、網絡暴
力，沒讓她哭過。或者，她只是再哭不出。

　　剛才在電梯裏，阿木只不過一邊微笑，一邊尿濕了褲子。
電梯裏其他的人，也沒有任何責難的意思。可她，為什麼眼淚
會奪眶而出。

　　一直到了家裏，阿木還在笑。她哭著打了他一巴掌，這也
是從未有過的。阿木終於哭了，因為疼痛。她緊緊抱著自己的
兒子，和他一起哭。終於，哭得驚天動地。阿木似乎被她的哭
聲嚇著了，忽然停住，試探地，用嘴唇貼了一下她的臉。這是
在他還是嬰兒時，就養成了習慣，如同一切想要去討好親近的
小動物。阿木只會對她這樣，是兩母子之間的密碼。她也不哭
了，將臉和兒子的面龐貼在了一起。兩個人的淚痕都未乾，尚
有餘溫。

　　連思睿在敦煌館的角落裏找到了段河。是榆林窟第 25 窟的
展區。他正臨一幅《普賢變》。

　　壁畫上，普賢菩薩手持梵篋，舒右腿半珈坐於六牙白象的
蓮花座。冠帶、披帛、瓔珞揚揚，俯視下界。神姿豐潤而秀
美，恬靜慈悲。白象四蹄皆踏蓮花，光頭象奴雙手緊握韁繩用

力拉曳著白象。

段河坐在地上，仰著頭。展廳頂燈昏黃的光，籠在他身上，像是一個鍍金的人。連思睿不禁想起，也是個午後。她看見少年，坐在北角的佛堂，臨北魏佛陀。那天有好陽光，一半灑在佛身上，一半灑在他身上。佛與少年，便都是半透明。

她屏息看著，直到身旁阿木，終於倦怠，發出咿呀聲響。段河回過身，看見是她。笑一笑，伸個懶腰。說坐了一下午，就快畫好了。

段河所畫，著墨皆在菩薩眉目。

他嘆一口氣，對連思睿說，這些年，畫了這麼多佛，佛相只有一個。要說分別，三世佛在手印；菩薩也是，文殊、普賢、大勢至，在法器和座騎。佛相只有一個，卻還是畫不好。

連思睿說，分不分，又有什麼關係。

他們又走了一圈，便出了門。連思睿想想說，我很久沒看過展。上次還是在幾年前的巴塞爾。現在什麼都不記得，就記得一幅畫。成千上萬的蝴蝶翅膀，圍成同心圓。圓心懸了一隻完整的，像受難耶穌。

歷史博物館的對面，是香港科技館。他們經過。這裏在舉辦另一個展覽，叫「尋龍記」。

門口的工作人員，看到阿木，就招呼他們去看。說，好多爸爸媽媽都帶小朋友看。

連思睿就笑，説，你看錯了。我們是阿媽帶了兩個仔。

段河就將阿木攏到自己懷裏，説，我太太説得對，男人至死是少年。

連思睿心裏微微一動。沒待她猶豫，段河已經拉著他們母子走進去。

大約因為疫情，又是工作日，展廳其實很寥落，並沒有幾個人。空曠，冷氣又太足，吹得人周身發冷。但的確聽到有小朋友的尖叫。阿木丟開段河的手，顫巍巍地循聲跑過去。原來是一隻巨型恐龍，有長而蜿蜒的脖子，在那裏搖首擺尾。大約是電動機關控制，連接得不夠細緻。這搖擺的幅度間，就有些卡頓。

段河説，我記得，這是梁龍，植食龍。頭這麼小，腦容量低，抵死要吃草。

連思睿笑説，我還以為，你只會畫佛像。

段河説，我小學時候，聖誕要演出。侏羅紀公園，我就扮一隻梁龍，給異特龍追得到處跑。

阿木被這龐然巨物驚呆，抬高了雙臂，在那裏打圈圈，口中咿呀。旁邊的大人，大概看出了他的異樣，紛紛將自己的孩子拉到身邊，是個保護的姿勢。

段河看到了，便走過去，也抬高胳膊，和阿木一起，在那裏打圈圈。先是自己轉，然後把阿木舉起來，兩個人一起團團

轉，越轉越快。

他們轉得太快，連思睿看得有些暈眩，但身上卻漸漸暖起來了。

經過文創區，阿木盯著一塊復刻的化石看。是一隻幼小的腕龍，名叫 Toni。它是長頸蜥腳類恐龍保存最完整的標本。之所以如此完整，據說是一場巨型泥石流短短幾秒間將它湮沒。它折疊著身體，骨骼清晰，就此封存在化石中，已有一億五千萬年。

連思睿辨認它的身形，當時是在奔跑，還是在睡著。

段河想為阿木買下來。連思睿阻止他，說，不要。

她輕輕地說，不吉利。

離開時展區時，有一台全息電視。每個人都要做完互動遊戲才能離開。

這個節目的主題，時值白堊紀晚期，因為氣候迅速惡化。背景是蒼黑的天，冰冷，遠處有雪暴、火色熔岩流淌。一頭三角龍與一頭暴龍在冰湖邊狹路相逢，體型相類，旗鼓相當。似乎將有一場惡戰。遊戲給出了三個選項：A，暴龍殺死三角龍；B，三角龍殺死暴龍；C，相安無事。

段河說，我們三個人，正好選三個。

血雨腥風後，連思睿按下了 C。

螢屏徐徐出現漸大的英文字：At peace。

她看到，兩頭龐然巨獸，在湖邊對望一眼，默然低頭喝水。繼而分道揚鑣，消逝在一片蒼茫。

九

連思睿最後一次見到段河，是在次年春天。

在交樓前，她最後一次收拾阿嬤的祖屋。

她和段河平躺在阿嬤棕繃的龍鳳大床上。棕繃硌得他們光裸的脊背，微微發痛。他們靜靜看到天花板上，有泛黃洇開的經年水漬。連思睿說，像一把鑰匙。段河說，我看像是阿爹的老胡琴。

遠處風吹過來，不知吹拂了哪棵樹上的枝葉。天花板上有密密的光影抖動，胡琴隨之搖曳。他便開口，唱：

> 初更才過月光輝，怕聽林間杜鵑啼，聲聲泣血榴花底，胡不歸兮胡不歸，點得魂歸郎府第，換轉郎心早日到黎，免令兩家音訊滯，好似伯勞飛燕各東西，柳絲難把心猿繫，落花無主葬春泥。

> 二更明月上窗紗，盧渡昭光兩鬢華，相思淚濕紅羅帕，伊人秋水冷蒹葭，風流杜牧堪人掛，共你合歡同盞醉流霞，許多往事真如畫，笑指紅樓是妾家，青衫濕透憐司馬，有乜閒心弄琵琶……

> 五更明月過長東，倚遍欄杆十二重，衣薄難禁花露

重，玉樓人怯五更風，點得化成一對雙飛鳳，會向瑤台月下逢，無端驚破鴛鴦夢，海幢鐘接海珠中，睡起懶梳愁萬種，又見一輪紅日上簾籠。

唱完了，連思睿不作聲。她想，這年輕的人，有一把老腔。段河沉默片刻。

他說，這首《嘆五更》，無人教，就是聽阿爹唱，聽會了。阿爹說，這是他阿嬤最愛唱的一首曲。他阿嬤還教會了他抽雲南的大葉青，都有一口煙嗓。阿爹說，他在阿嬤櫃桶裏尋到了那張硬紙皮，他造好一尊菩薩，阿嬤就用針錐在上面扎了一個窿。他數一數，已有九十九個窿。

這時候，連思睿站起身，側坐在露台的籐椅上。想一想，她便讓自己一邊的手與腳緊張交纏，另一邊的身體卻舒展。她說，段河，你現在告訴我，掛在 Mong 裏的那張畫，林昭畫的女人，是不是我？

段河看餘暉披在連思睿身體上，柔軟一層乳色。唯有腳上閃動兩點珠光。水紅緞面上，繡了蔥蘢的枝葉。若並攏，鞋上的枝條便彼此相連，一體渾然。

段河問，你要聽真話？

連思睿點點頭，嗯，不可打誑語。

段河說，林昭畫的，是自己。

連粵名問，外頭的人，真的都不戴口罩了？

連思睿說，不戴了。阿木不習慣，還是要戴，我就由他。

連粵名說，你下次帶他來，我想看看我嘅孫，不戴口罩的樣子。

他將那枚核桃觀音，給連思睿看。他說，現在，每天都放在枕頭邊上，睡得很好。日後要能見見刻這菩薩的人。

連思睿笑笑說，有什麼好見的。個樣唔好睇，絕類彌勒。

她從監獄走出來，陽光忽然有些刺眼。她看到了有個人站在門口。那人叫住她。她望向對方，說，你好熟口面。

那人說，我是你太阿嬤的老鄰居，從四川返來。我尋到北角，老屋已經都拆了。

思睿看著。女人有了年紀，但淨頭淨面，人也好聲氣。她明白了，說，你都知我等緊你。

於是，她從包裹掏出一雙拖鞋。寶藍緞的鞋面，鴛鴦戲水。鞋頭已經磨破，用同色絲線補過，補得細密，又被挑斷了。她說，拜託你，能不能再幫忙補一回。

Mong 在五月份重開。

原先長久地懸著一幅油畫。畫底下曾標籤紅點，顯示已經賣出。如今牆上是空白。可在同個位置，卻有一尊青銅雕塑。

這雕塑的人像，赤體，足踏蓮花，被猶若藤蔓的長髮包裹了全身。一邊望去，如幽井的瞳，慢慢翕張，有一種由衷喜悅

的力量，從臉上煥發出來。

　　然而另一邊，微闔雙目，眉宇清明，低眉慈悲。

　　一半佛陀，一半神。

後記：看園

我現在的住處，離志蓮淨苑是很近的。

說這禪寺是鬧市中的一方淨土，不為過。即使最繁盛的旅遊時節，這裏仍可取靜。所謂大隱於市。對香港人的空間觀言，是一種奢侈。

臥聽竹林葉響，冬夏皆可觀游魚。

每每去了，有兩個地方我是必到的。一個是中國木結構建築藝術館。志蓮淨苑本身是目前世界上最大的木構建築，仿唐制式構件均以榫接方式結合，自然無須用一根釘。因是檜木打造，天氣靜朗時，能隱隱地聞見極清凜的氣息。館藏便梳理了中國木結構建築的淵源。太和殿、佛光寺東大殿、南禪寺觀音閣、獨樂寺山門、應縣釋迦塔，皆是按比例 1：20 的縮微而成。見微知著，可見皇皇大觀。「斗栱七鋪作」復刻得不將就，「月梁」、「卷剎」與「生起」，亦鉅細靡遺。注解也好，深入淺出。惟英文翻譯粗疏了些，如「半駝峰」是「Beam Pad」，鴛鴦慢栱是「Long Arm」。信則信，達雅則牽強。中文裏的浪漫與寫意，被風乾了。

另一處，是大雄寶殿前的奇石展，環中庭而設。有一石，便隨有一詩。石品多半是碧玉岩，間或有靈璧石。偶然關注到，是看到一塊赤褐色的。生得有趣，本是崢嶸有稜角的，但大約日久，竟是渾然圓融模樣。底下鐫著詩句，「人道我居城市裏，我疑身在萬山中」出自元詩人惟則。頗為嘆喟，如此，這塊石便是你我寫照。便也仔細些看更多石頭。不拘於形，有些詩句題得氣魄萬千，「風生百獸低，欲吼空山夜」，又如「二三星斗胸前落，十萬峰巒腳下青」；亦有一些是訓誡之意，「舉一步，不足自利利他，勿舉也」，「勿近愚癡人，應與智者交」，「仁者以財發身，不仁者以身發財」，讀來皆是循循善誘。

這園裏的一木一石，即便看得多，竟未曾乏味，總得一些新見。疫情期間，我仍會去。彼時偌大園林，竟一個人也沒有。偶也會見師傅從殿中走出，見了你，雙手合十，淺淺微笑。某日雨後，我正觀石，聽到背後有人說，這塊石頭恁光滑，不知是被溪水沖的，還是經了太多人的手。

聲音是北方口音，洪鐘似的。我回頭，見是個面生的師傅，著俐落直裰。他說，他是山西雙林寺僧人，來香港進修。常駐在竹林禪院，在荃灣北的芙蓉山。每日修行後，便四圍遊走，在各寺院看木雕佛像。他跟我說了一些見聞，其中包含見解，有些是自己的，也有些是別人的。我終於被打動，不經意間。在我想聽他說更多時，他揮揮手道，不早了，我要回去了。便合一合掌，就此別過。

《靈隱》或是個極其入世的故事。當其時的事件，不好寫。何況有原形。只因瞬息而變，變動而不居。當代人又格外地熱衷於作結論，哪怕這結論下得十分草率。這讓我警惕。所以曾經粵港引起震動的事件，因其凜冽，我是隔開了五年才來寫。一大約為沉澱。主人公的職業與背景，於我易共情。在熱切中的復刻，本質上更似海市蜃樓，是缺乏根基的；二是因為，我總想觀察事件的發展、嬗變，或在輿情中的後續。但事實證明，當代人是善忘的。「苟日新，日日新」，可多一種理解。在信息的跌宕中，人太饕餮，是不滿足於反芻的。我卻並非失望，甚至慶幸有了這種忘卻。因為有了忘卻，記得才更能水落石出。這種記得，往往是屬那些相關者的，且多半是來自親愛與摯敵。

於是，一父一女，成為了生命鏡像的對位。他們活在了彼此的時間裏。這時間可以浩漫，以百年粵港的歷史做底。也可以十分短暫，是在某個人生節點中的一茶一飯，只一道光景。

我遠望他們，不再痛定思痛。看他們也便在園林之中，動靜一源。景語皆是情語，但因冷卻與各懷心事，終隱於園林蒼茫，或許只是隱於角度。移步換景，又可看見了。我便將或隱或現的人生，寫出來，為你們。

在這宏闊變幻的時代裏，你我心底仍有一方園林，可停駐，可靈隱。

責任編輯　　許正旺
書籍設計　　陳朗思

書　　名　　靈隱
著　　者　　葛亮
出　　版　　三聯書店（香港）有限公司
　　　　　　香港北角英皇道四九九號北角工業大廈二十樓
香港發行　　香港聯合書刊物流有限公司
　　　　　　香港新界荃灣德士古道二二〇至二四八號十六樓
印　　刷　　美雅印刷製本有限公司
　　　　　　香港九龍觀塘榮業街六號四樓 A 室
版　　次　　二〇二四年七月香港第一版第一次印刷
規　　格　　特十六開（148 mm × 210 mm）二四〇面
國際書號　　ISBN 978-962-04-5449-3（平裝）
　　　　　　ISBN 978-962-04-5519-3（精裝）
　　　　　　© 2024 三聯書店（香港）有限公司
　　　　　　Published & Printed in Hong Kong, China.